3分聖女の幸せぐーたら生活 1

生真面目次期公爵から
「きみを愛することはない」と
言われたので、
ありがたく1日3分だけ奥さんやります。
それ以外は自由!

やっほい!!!

JN103307

ゆいレギナ
Illustration
あかつき聖

目次

第一章　夢のぐーたら生活だ！

私、ノイシャ＝アードラは身請け先の屋敷の応接間に通されるやいなや、身請け人のリュナン＝レッドラ次期公爵から言い渡された。

「生涯、きみを愛することはない」

……別に、それは構いませんが。

だって、私はこの次期公爵様に買われた身。

愛すも愛さないも、すべてはこの方の自由だもの。

ただ気になるといえば……このリュナン＝レッドラ次期公爵様は、想像していた以上に美形な方だったということ。長身かつ服越しでもわかる立派な身体つき。碧眼まぶしい端整な顔の造形。騎士らしいすっきりとした髪型ながらも、桃色の髪色が愛らしい。

そんな見目麗しい二十四歳の殿方が、どうしてわざわざ用済み聖女を買うのだろうか。

女に困ることはないのでは？

私のような身請けされる聖女は、教会で『不要』の烙印を押された者ばかりだ。たまに殿方と

『真実の愛』を芽生えさせて、幸せそうに買われていく聖女もいるけれど……大抵は出来の悪い聖女か、私のように髪が真っ白になるまでマナを使い果たして、用済みとなったか。

教会で損切りされた聖女は、比較的若いうちにお金持ちに引き取ってもらうのが自然な流れ。教会もお金にならない聖女を養う筋合いはないし、若い方が『女』としての価値は高いという。もちろん、マナを使い果たし死んだら利益はゼロ。死ぬ前に聖女をやめさせられ、売られるのは双方から見て利点しかないシステムだ。表向きは。

私も実際、成人したばかりの十八歳。身請けという名の結婚相手として、聖女はかなり人気らしい。そりゃあ遊女と違い、聖女は全員『清らか』だから? そのステータスも殿方には興奮材料になるそうだけど……。

と、ここで疑問がひとつ。

愛さないなら、どうしてこの次期公爵様は私を買ったのだろう?

こうして脳内で状況を整理していた間、二人の間では無言が続いていた。

私は粛々と言葉の続きを待っていたのだけど……どうやら、彼も同じだったらしい。

「……こう、何か俺に文句などはないのだろうか?」

「文句とは?」

「身請けしておいて愛さないとはどういうことだ! とか、自分を幸せにするのがお前の義務だろう! とか……これでも、きみに失礼なことを言っている自覚はあるんだ」

「ちなみに、その『愛する』というのは、夜伽の件も含まれているのでしょうか？」

「あ、当たり前だろう！　気持ちもないのに寝室を共にするわけがないっ！」

「……なるほど？」

つまり正真正銘、『女』としての部分は求められていないらしい。

耳まで真っ赤になった次期公爵様に、同室している執事らしき紳士が頭を抱えている。

ふむ……もちろん身売りされた経験が私も初めてなので、いまいち状況がわからない。

私は端的に訊いてみた。

「私は貴方様に買われた以上、生かすも殺すも貴方様の自由なのですが……ただ、私は何を求められているのでしょう？」

「それなら、ここに」

そうしてテーブルに出されたのは、数枚の書類だった。どれもびっちり文字が書かれており、標題には『婚前契約書』と記載されている。私が「失礼します」と一枚を手に取れば、次期公爵は暗記しているのか、つらつらと説明してきた。

「先に話した通り、きみに閨事を頼むことは一切ない。もちろん寝室は分けるし、特定の場合を除いてきみの肌に触れないことを約束しよう。詳細はそこに書いてある通りだ。あとでじっくり目を通しておいてくれ」

「はい」

たしかに、事細かく寝室は間に部屋を三部屋置くとか、特定の場合とは身の危険が生じた際を除いてだとか、とても今読みきれないほどの詳細が書いてある。

だから次の項目に目をやれば、私の衣食住における締結が記載されていた。

「衣食住の十分な提供を保証しよう。家人の予算内になるが、欲しいものは自由に買い物して構わん。屋敷にも好きなだけ商人を呼んでいい。その他、食べたいものがあれば都度言ってくれれば、できるかぎり対応する。使用人らにはきみを丁重にもてなすよう強く言い含めてあるが、何か不便があるようなら言ってくれ。早めに対応しよう」

「この……愛人を作る場合というのは……？」

「言葉の通りだ。きみには俺の正妻という形で家に入ってもらうので、大っぴらに愛人を連れ歩かれるのは困るが……自由恋愛を邪魔するつもりはない。遠慮なく屋敷に連れ込んでくれ。事前に予定を教えてくれれば、その日は屋敷に帰らないようにしよう」

これは……至れり尽くせり、というやつなのでは？

もちろん男性をとっかえひっかえしたい願望なんて微塵もないし、そもそも恋愛なんてもの自体、興味がないのだが……条件を確認していると、ますますなぜ私が買われたのかがわからない。

思わず、私は眉根を寄せた。

「本当に……私はあなたの正妻として何をすればいいのでしょう？」

「きみはけっこう真面目だな」

「おそらく、その言葉はお返しできると思います」

その問答に控えている執事さんが大きく噴き出した。「失礼」と居を正しているけど……そんなおかしなこと言ったつもりはないんだけどな？

レッドラ次期公爵様が執事さんを睨んでから「それは三枚目を見てくれ」と書類を差し出してくる。それを見やれば、目を瞠《みは》る言葉がひときわ大きく書かれていた。

――『らぶらぶ夫婦の演出』……？

「朝食時間はその日の演出会議を兼ねることにしよう。その後、見送り時に『らぶらぶ夫婦』を俺と演じてくれ。あとの時間は先の通り、自由にしてくれて構わん。俺も基本的に帰りが遅いから、当然先に寝ていてくれ」

「つまり……実質、私の仕事は朝の見送りだけ、と？」

「拘束時間でいえば……一日三分ほどか。慣れてくれれば、朝の会議も要らないだろうしな」

「それ以外は？」

「だから、何度も言っている通り自由だ。どこかに出掛けてもいいし、もちろん屋敷でぐーたらしてくれても――」

「ぐーたらっ!?」

その単語に、思わず私は身を乗り出した。

ぐーたら――それは私の憧れていた単語だった。

なんかあれでしょ？　休日に過ごす最上級の幸せのことを『ぐーたら』と言うんだよね？

『明日の休み、何するの？』
『最近働き通しだったからなぁ、ちょっとぐーたらさせてもらおうかなぁ』
『おっ、いいねぇ。おれもたまにはぐーたら一日中寝てたいよ』

私は今まで休日という概念すらなかったから、参拝者が嬉しそうに話すその『ぐーたら生活』を想像することしかできなかったけど……。

こんな夢みたいなことがあっていいのだろうか。

身請けされた後は、たいてい老人や醜男の愛人として弄ばれるか、聖女を産むための道具にされるのが一般的だと聞いていたのに……一日三分だけ働けば、あとはぐーたら生活？　一日二十二時間働くのではなく、たったの三分!?

えーと……喜ばなきゃ。今こそ、『喜び』って感情を表に出さなきゃだよね……!!

「や、やっほ――――いっ！」

私は諸手をあげてから、深々と頭を下げる。

「労働時間、一日三分……がんばりますっ。その三分に全身全霊の力をこめて、貴方様のお力になれるよう尽力します……っ！」

「あ、あぁ……よろしく頼む……」

前のめりのやる気に、御主人には引かれたようだが。

こうして、私の一日三分だけ働く生活が始まったのです。


私、ノイシャ＝アードラは過労死寸前だった。

聖女として朝早くから参拝者の願いを叶え、病人の治療をし、公共設備の点検と修繕を行い、夜の参拝者の相手をして……掃除などをすれば、あっという間に夜が更けている毎日だった。

聖女とは、要するにマナという特別な力に関与できる便利屋だ。マナはこの世に存在するすべての物に備わっており、それを知覚・操作できる者のことを聖人・聖女と呼ぶ。

貴族学校で懇切丁寧にマナの扱いを教わる聖女もいるが……私のような孤児は違う。教会が管理している孤児院で生きるか死ぬかの瀬戸際で無理やり修行させられ、無理やりマナを知覚できるよう才能を開花させられる。そこで生き残ることができれば、さらに言葉の通り寝る間も惜しんで知識や技術を叩き込まれ、無事に聖女となってからも、自身のマナが枯渇する寸前まで働かされる。

そして死ぬ目前——私のように髪が真っ白になり、瞳の色も薄くなった者は、気前の良い有識者に引き取られる。その後は……まぁ、五体満足で十年生きられれば良い方なのではなかろうか。

そもそも孤児だったことが不運の始まりで、その後人生が好転することなんかない。

だから、多少人生が変わっても。

あとは人生の終わりに向かって、まっしぐらに下っていくだけ。

そんな私は鏡を見る。子供のような背の低さ。どんな高級なドレスとて、鎖骨が浮き出た痩せっぽっちの身体で似合うはずがない。しかもまだ一代のはずなのに、ひと房以外真っ白な髪、薄水色の不気味な瞳。そんな女が、どんなに着飾ったって――

「うわぁ、昨晩から磨き上げたの全部わたしですけど、我ながら絶世の美少女を作り上げちゃいましたね！　これなら、旦那様もマジ惚れすること間違いナシなのでは!?」

私の専属侍女として付けてもらったコレットさんが大げさに褒めてくれるけど……私は愛想笑いも返せなかった。だってメイド服を着たあなたの方が、よほど可愛いもの。その緑色のツインテールをおろしたら、きっとこのドレスもあなたの方が似合う……。

せめて口にしろって？　無理です。私、仕事以外でまともに話したことないもの。

感情を表現するのは苦手だ。だって、今までは言われた仕事に『はい』と頷くだけの生活だったんだもの。それでも、人生の最後にしあわせな『ぐーたら生活』とやらを過ごせるのだとしたら……私もこの人みたいに、可愛らしい女の子にもなってみたい。

そんな私の視線に気が付いてか、コレットさんは鏡越しににやりと笑った。

「ちなみにわたし、今年二十歳になりました。こう見えて、ノイシャ奥様よりお姉さんなんです！お困りごとがあったら、何でも頼ってくださいねっ！」

そう胸を張る元気な年上侍女に、私はますます乾いた笑みを返す。

窓から差し込む朝日がとても眩しかった。

そんな不幸な日々に見た、最後の希望『ぐーたら生活』。

それを叶えるため、朝七時半。

私は見たこともない美味しそうな朝食そっちのけで、仕事モードで会議内容を確認する。

仕事となれば、言葉もスラスラ出てくるもの。

「では、私はその旦那様のご友人『ラーナ様』と『バルサ様』の前で、『望まれて嫁いできた聖女』を演じればいいんですね？」

「あぁ、俺がきみに治療を受けた時に一目惚れしたということにしよう。それからいても立ってもいられず、きみを身請けしたと――だから、きみはまだ居心地悪そうにしてもらってくれて構わない。ただ、俺からの溺愛に恥ずかしそうにしていてくれ」

「畏まりました」

どうやら、このリュナン＝レッドラ次期公爵こと旦那様は、二十四歳にして毎日ご友人らと一緒に登城しているらしい。三人とも同い年の昔馴染みで、小さな頃からの習慣が抜け切れていないという。……仲良しがすぎませんか？

でも、どうやらその『仲良し』を維持することが、この『三分労働』の目的らしいので……夢のぐーたら生活のため、全力で仕事をまっとうさせていただきますっ!!

「さて、時間だな。ちなみに二人の前では演出として、多少肌に触れることがあるだろう。そこだけは契約の例外として頼みたい」

「もちろんです。記載されてありましたしね」

「嫌なことがあれば言ってくれ。後日契約書に追記しよう」

「畏まりました」

こうして、私たちは同時に席を立った。足並み揃えて、ロビーに向かう。

――さぁ、仕事を始めよう。

執事のセバスさんが、玄関の扉を開けてくれる。それと同時に「失礼する」と、旦那様のたくましい手が腰を軽く……本当にそっと添えられた。

あぁ、外が眩しい。

門の前には、たいそう立派な馬車が止まっていた。私たちの姿を見るやいなや、二人の人物が飛び降りてくる。赤毛の軽薄そうな細身の男性が、おそらくバルサ＝トレイル様。そして彼の差し出す手を無視して走り寄ってくる男装の貴婦人が、ラーナ＝トレイル次期侯爵だろう。

このお二人は最近結婚したばかりのご夫婦なのだが、婿入りらしい。ラーナ様は次期女侯爵として、今は城の官吏として勉強中。そしてバルサ様も将来ラーナ様をお支えすべく、共に城で働いているんだとか。今の時代女当主というのは珍しく、そのためラーナ様も普段は男性のようなズボン姿で働いているとのこと。それでも……適度に華美な化粧に、ひとつに纏めていても華やかな金髪。

ジャケット越しにもわかるシャツの下の豊満な胸部。女性として堂々と背を伸ばしたお姿は、思わず私が見惚れるほどに美しかった。

そんな貴婦人が、お隣の婿殿を無視して私の手を取ってくる。

「はじめまして！　ラーナ＝トレイルと申します。ずっとお会いしたかったの！　こんなに愛らしい淑女だとは思わなかったわ！　素敵な髪色ね！　ここだけアプリコット……いいな、私も染めてみようかしら？」

「ちょっとラーナ。僕を置いていくなよな……」

「足が遅いのがいけないのよ。あ、この人が私の伴侶のバルサ。これから末永くよろしく――」

後ろから走ってきたバルサ様は、この距離で息が切れている。運動が苦手なのかな？

だけど、そんな二人の様子にあきれ顔を隠さないリュナン様が、私の肩に手を置いてきた。

「俺に彼女の紹介もさせてもらえないのか？」

「あら、リュナンが気の利いた紹介をしてくれるの？」

「それは……」

押し黙る旦那様を、ラーナ様は笑い飛ばす。

「ふふっ。ねぇ、リュナンはどうやってあなたを口説いてきたの？　この堅物がいきなり『好きなひとがいる』と言ってきた時、本当にびっくりしたのよ～。許可なく手を出してきそうになったら、思いっきり引っぱたいていいからね？　うちに逃げてきたら全力で保護するから！　そのあとで私が徹底的に説教するわ！　そうだ、今度うちに遊びにいらして？　聞きたいことがたくさん――」

「ラーナ、いい加減にしてくれ。遅刻する」

「え〜。ねぼすけのリュナンに言われたくないな〜」

「……いつの話だよ」

その愚痴が悲しげに聞こえたのは、私だけ？

思わず見返した私に、旦那様が一歩近づいてくる。そして私の唯一色が残っているひと房を手に取り、唇を落としてきた。

「では、行ってくる」

そして、三人は次々に馬車に乗っていく。「また明日ね〜」とにこやかに手を振ってくるラーナ様。「僕ひとことも話せなかったんだけど!?」と文句を叫ぶバルサ様。私に向かって、小さく頷いてくる旦那様。……これは、合格ということでいいのでしょうか？

いななきと共に走っていく馬車を見送っていると、執事のセバスさんがにこやかに労ってくれた。

「お疲れさまでした、奥様」

「え、あぁ……ありがとうございます」

どうやら、私の今日の労働はこれで終了らしい。……早っ。

「本当に今日の私の仕事は終了ですか？」

「そうなりますね」

なんてことだ。やっほい。

でも玄関に戻り、セバスさんが扉を閉めると同時に、私はこっそりとため息を吐く。

──そういや、名乗ることもできなかったな。

さっきの見送り、ラーナ様の勢いに押されて何も話せなかった。

──明日は、もっと何か気の利いたことを言わなくちゃ。

なんせ、一日三分だけの労働で衣食住すべてを面倒みてもらうのだ。それだけ濃密な三分間が求められるということだろう。初日だから寛容に許してもらったが……いや、あれすらもお二人の前だったから、何も文句が言えなかっただけかも。だって教会であんなモジモジしていようものなら、あとで鞭打ち間違いなしだ。鞭打ちなんてされたら、痛くて『幸せぐーたら生活』どころじゃない！　すべては、ぐーたらのために!!

「本当に、今日の仕事はおしまいなんですよね？」

「そうですよ。あとは存分にぐーたら？　なさってください」

「やっほい！」

──ぐーたら……ぐーたら!!

私は仕事モードを切り、両手をあげながら喜びのあまり心の中で飛び跳ねていた時だった。

セバスさんは「急に可愛らしくなる方ですね」と苦笑しながら、私に一つの質問をしてくる。

「でもお休みになる前に奥様、朝食の続きはどうされますか？」

「泥水ですか？」

「仮に奥様にそんなもの与えようものなら、明日には私の首が物理的に空を飛んでおります」

セバスさんは呆れ顔で言ってくるけど……そうなの？　だって教会では、毎朝仕事前に泥水を頂戴していたよ？　それなのに、セバスさんはさらにとんでもないことを言ってくる。

「では、新しいものを作り直させましょう。食べたいものはございますか？」

「えっ、新しいの……？」

だって、仮にまともな朝食を貰えるにしても、さっきのがあるじゃないですか。こう……卵のふわふわとか。柔らかそうなパンとか。黄色いスープとか。みずみずしい葉っぱとか。中身ぎっしりな腸詰とか。どんなに冷えてようが腐ってようが、あんなぜいたく品は食べたことがない代物でしたよ？　会議でそれどころじゃありませんでしたが。

私が目をぱちくりさせていると、セバスさんが私の前を歩きながら苦笑していた。

「会議とやらに夢中で、先ほどのは冷めてしまいましたからね」

「あの……残っていたのは……」

「見に行きますか？」

そして、二人で再び食堂に戻れば――さっき私が座っていた席に座っているメイド服のコレットさんが、何か挟まったパンに大口を開けていた。大きな瞳がこちらに向くやいなや、彼女が大慌てで立ち上がる。

「お、おおおお奥様!?　ごめんなさい、もう食べないのかと――」

「だからいつも、厨房に下げてから食べろと言っていただろう」

呆然とする私の隣で、セバスさんが直角に頭を下げた。

「奥様、お見苦しいところを申し訳ございません。娘のしつけがなっておりませんで」

……娘？

私が思わず小首を傾げると。

セバスさんの曲げた背中を叩きながら、コレットさんが教えてくれる。

「この執事長はわたしの父なんですよ～。義理ですけどね。父さんはですね、とってもお人よしで捨てられていたわたしを――」

「いきなり語ることではないだろう――と、そんなことより奥様、朝食は如何しましょう？　この通り、残りはわたくしどもが美味しくいただくのでご遠慮なく」

たしかに、セバスさんは年齢のこともあるのだろうけど、髪が灰色。対してコレットさんは緑色。目の形も耳の形も、二人はまるで違うけど。

……それでも、仲良さそうだなぁ。

顔のパーツは違うのに、なぜだか二人の顔つきがそっくりに思える。

叱って。叱られて。そんな様子を微笑ましく思いながら、私はセバスさんからの問いかけに、どこか後ろめたく答えた。

「私……元から朝は食事を摂らないので」

「あっ、紅茶や珈琲だけなタイプですか？」

「いえ、あの……基本夜中に残飯漁って生活してたので……」

「残飯……？」

「教会裏のゴミ捨て場が私の食事処とされていたので、それで……」

やっぱり仕事以外で、上手く喋れないけれど。

そこに運ばれてきた高位聖女さまらの残りが、私のご飯だった。いつも私のところへ回ってくるのは深夜だけ。……だから、朝は井戸の脇に零れていた泥水だけ。

それなのに、朗らかに訊いてきてくれたコレットさんの表情が固まっていた。セバスさんも同様だ。やっぱり二人、そっくりだなぁ。そんなことをぼんやり思っていた時だった。急にコレットさんが動いたかと思いきや、テーブルの上でごそごそ。旦那様の残されたパンを手で割って、間に卵や野菜や腸詰を挟んでいるみたい。それを――無表情で私の口の中に押し込んできた。

「ふむむむ!?」

「いいからぁ。食べてくださいいいいい！」

……泣いているの？

呆気にとられながらも、私は咀嚼する。卵の甘みと腸詰のしょっぱさが楽しい。触感もパリッとシャキシャキ。だけどふわふわ。面白い。えーと……こういう時、なんて言うんだっけ?

「お、おいしい……?」

「でしょおおおお?　いっぱい食べましょ?　これからたくさん、美味しいものを一緒に食べましょうねええええええ?」

えーと……なんでコレットさんが号泣しているのだろう?

しかも、セバスさんも微笑ましい顔で眺めながら、目じりの涙を拭っているらしい。

うーん。とりあえず、渡されたこれを食べればいいのかな?

私は立ったまま、そのパンに再び口を付けていると。扉の開く音が聞こえる。誰かが入ってきたみたい。

「あらあら。しょせん執事様も、娘にはお甘い様子で」

三人のメイドさんだ。この屋敷には四人のメイドと執事のセバスさん、あと料理人の六人で回しているらしい。リュナン様しか住んでいなかったから、少数精鋭なんだって。だから侍女とメイドの区別はなく、皆で掃除や洗濯などもこなしているらしい。

昨日挨拶させてもらったけど、この三人はそれぞれ伯爵位や男爵位をお持ちの立派な貴族の方。マナが発現した令嬢は聖女になるけど、そうでない令嬢はこうして結婚するまで、高位貴族の侍女になるのが多いとのこと。

だから自然と……コレットさんに爵位はないようだし、この伯爵家のマチルダという巻き髪の人が一番偉くなる――て、マチルダさん自身が言っていた。

「奥様。そんな残りものより、朝食はフレンチトーストなどいかがですか？　とろけるように甘いんですのよ？　今、貴族の間では流行っているんですの」

そう、提案してきてくれるけど。

私の手の中には、まだコレットさんが作ってくれたパンがあるから。

「あ、でも……私、これがいい……です」

あっちもこっちも、そんなに食べられないし。

それにこれ、おいしかったの。そして、嬉しかったの。

断るのって、難しい。今までは全部言われたことをしていただけだったから。

そのせいか、マチルダさんの去り際の笑顔が、どこか強張っていた。

「……また用がある時は、いつでもお声がけくださいね」


それから立ったまま残りのパンを食べようとしていたら、セバスさんが椅子を引いてくれた。

「せめて座ってお食べください。コレット――いや、私が食後のお茶の準備をしてきましょう。コレットは奥様と一緒に食べているように」

「は～い」

間延びした返事をするものの、コレットさんの動きは速い。

「ほんとはですね〜。使用人が主人と一緒に食事を摂るなんて、厳禁なんですよぉ〜」

なんて話しながら、気が付けばあっという間に私の隣角に椅子を持ってきたコレットさんが勢いよく座っていた。あ、スープも持ってきたらしい。

「でも、ご飯は誰かと一緒に食べた方が美味しいですからねっ！」

そして「いただきます！」と食べかけのパンを前に両手を合わせているから、私も真似てみる。それにコレットさんは目を合わせてにっこりしてくれてから、再び色んなものが挟まったパンをモグモグし始めた。

「ノイシャ様はご主人様のこと、どのくらいご存知なんですか？」

「リュナン様……のことですよね？」

「そうです――だって、本当に身請けいきなりだったじゃないですかぁ。わたしたちもビックリしたんですよ。ひと月前のラーナ様方の結婚式から帰ってきたと思いきや、いきなり『俺も正妻を迎える』とか言い出して」

話しながらも、「ほらほら、奥様も食べて！」と促される。だから再びパンに齧りついてみると……やっぱりおいしい。だけど後ろから腸詰がにゅるっと落ちてしまった。わわわ、どうしよう。すると、コレットさんは怒るわけでも折檻してくるわけでもなく、「貸してくださーい」とフォークを使って再びそれを中に入れてくれる。

「今まで婚約者以前にお見合いすらしていなかったのに、何言ってるのかな〜なんて思ってたら……教会からの身請けですよ。いや、今までおまえ、ろくに礼拝すら行ってなかったじゃねぇかっての。怪我すらしない人だから、治療に行ったって話も聞かないし……それなのに、とんとん拍子に身請け話を進めちゃってさぁ……」

作業しながらこんなにお喋りできるとか、器用だなぁ。

ぼんやりそんな感想を抱いていると、「だから、あの三慢令嬢もつい最近来たばかりなんです」と言いながら、再びパンを渡してくれた。あ、黒い輪切りの何かが増えてる。

「さんまん……？」

「あ、三人の高慢な令嬢の略です！」

「なるほど……？」

そっか。外の世界には、そういう言葉があるんだ……。

心のメモ帳に書き込んでいると、「まぁ、でも。わからないでもないんですよねぇ」とコレットさんは自分のパンを片手に頬杖をつく。

「子供の時から長年ず～っと片思いしていた幼馴染が、他の幼馴染と結婚しちゃったんですもん。どうせ『俺も近いうちに結婚するから』とかなんとか、見栄を張ってきちゃったんじゃないですかぁ？　まだ未練たらたらのたらちゃんですしね～」

たらたらのたらちゃん……また心のメモ帳に書き込む言葉が増えてしまった。でもコレットさんの話を聞いていると、たくさん勉強になる。知らない言葉や表現がいっぱい。

きちんと気持ちを表現する言葉を覚えて、『三分奥様』に役立てないと……。

すべては幸せぐーたら生活のためにっ!!

心の中で握りこぶしを掲げながら、私もパンを頬張る。おいしい。

「しかも、急ごしらえの女とバレたら、それはそれで惨めだから……あの契約書？　の『らぶらぶ夫婦大作戦』ですよ。女からの意見を聞きたいと見せられた時は絶句したな～。らぶらぶのくせに結婚式は挙げないし。まぁ？　衣食住と贅沢の保証はしてくれるんで、条件としては悪くないと思うんですけど……でもあの契約書の文字の多さ！　てか、一から十まで書くなよ！　真面目か。いや真面目なのは、こちとら生まれた頃からの付き合いで知ってってっけどさぁ～、てな感じで」

色んなこと覚えながらも、ちゃんとコレットさんの話も聞いている。

聖女の仕事の一環で、礼拝者の懺悔を聞く仕事もあったからね。話を聞きながら他のことを考えること、得意です。だって――旦那様にどんな事情があったって、私には関係ないもの。

結婚式はなくてむしろありがたい。そもそも人前は苦手だ。聖女として結婚式のサポートなら何度もしたことあるけれど。私がお祝いされる方とか想像もつかない。

――旦那様は、あくまで私を買ったひと。

一日三分『らぶらぶ夫婦』をする代わりに、私に夢の『ぐーたら生活』をくれるひと。

教会でいうなら、今のところ鞭でぶってこない司教様みたいなひとだ。司教様は、私がいくら働いても、泥水と、乾いたパンと、野菜の皮と、お肉の骨しかくれなかったけれど。

それでも……旦那様が采配してくれたコレットさんのことは……たぶん好き。このパンみたく、面白くって。楽しくって。優しくって。眩しいおひさまみたいなのが、言葉や表情のすべてからわかるから。セバスさんも……おそらく同じ。

——だったら、それを采配してくれた旦那様も？

仕事以外で話すのは苦手だけど、少しだけ勇気を出して訊いてみた。

「コレットさんは……リュナン様の兄妹《きょうだい》なんですか？」

「いえいえ！　わたしが父セバスに拾われた時には、父もレッドラ家のお世話になってましたから。レッドラ家の使用人として働きながら、わたしのことも面倒みてくれたようです。まぁ、乳母とかの手配は公爵夫人らがしてくれたみたいで、実質公爵家に育ててもらったといっても過言ではないのですが……」

リュナン様は二十四歳。そしてコレットさんは二十歳。

だから二十年間、コレットさんはリュナン様の妹のように育てられてきたのだという。

……それって十分、兄妹なんじゃないのかなぁ？

元々親がいない私からしたら、そんな気がするけれど……。やっぱり上手く言葉が出て来なくて、私はパンを食べることしかできない。もぐもぐ。おいしい。

こういう時……思っていること、伝えた方がいいんだよね？

「このパン……おいしい、です」

「あっ。サンドイッチっていうんですよ。正確にいえば違うかもしれないけど……お昼はちゃんとしたサンドイッチを作ってもらいましょうか？　三角なんです。もっと薄くて白いパンでハムとかチーズとか挟んで。断面も綺麗なんですよ」

「サンドイッチ……」

また心のメモ帳に書き込むことが増えた。うれしいな。お昼……というか、今日の食事はこれだけじゃないの？　一日何回も食べられるものなの？

色々とびっくりしていた時だった。

「ちゃんと奥様の相手は務められたか？」

「もっちろーん！　ばっちり旦那様の失恋話語っといたから～」

「おまえっ……！」

お茶を持って戻ってきたセバスさんが、息を呑んでいる。これは、もしかして聞いちゃいけないことを聞いちゃったとか？　……なんか申し訳なさで、お腹が痛いかも。

だけど、コレットさんはどこ吹く風だ。

「いやぁ～、だってさ？　ノイシャ様の身にもなってみなよ。無理やり嫁がされたと思ったら、いきなり理由もわからず『らぶらぶ夫婦大作戦』とか……ないっしょ」

「それは、そうだが……」

「まぁ、そんなわけなので。旦那様はとても情けない男ですが、ノイシャ様にとって悪いことにはなりませんので、これからもよろしくしてやってください――ついでに、わたしともよろしくしてくれたら嬉しいですっ」

あぁ、コレットさんの笑顔が眩しい。

だけど、それ以上に……私は寒気がしてきて。なのに手足が冷たくて。じっとりと汗が出て。ついにお腹を抱えて、丸くなる。

「おなか……いたい……」


快適なぐーたら生活に必要なものとは。

まず必要なのは健康な身体だ。どこかに痛みがあっては気分よくぐーたらできないことは、今もって体験中。いきなり、せっかくのぐーたらが頓挫するとは……。しょんぼり。

「おそらく、急に重たいものを食べすぎたんでしょう。一日絶食してから、消化の良いものを少量から食べ始めてください。いいですね？」

私とコレットさん、セバスさんに言いつけて、お医者さんは帰っていった。

どうやら今までがあまりに質素な生活すぎて、おいしいサンドイッチにお腹がついていけなかっただけらしい。朝一でもらった紅茶も、私のお腹には刺激が強かったんだとか。

ちなみに、教会の聖女も病気の治療はできるんだけど、寄付金がとても高い。だから、たとえ貴族であっても、ひとまず普通のお医者さんに診てもらうのが常。聖女じゃ治すことはできても、どこが具合悪いとか、何が原因だとかまでわかる人は少ないからね。

自分で治せたらいいんだけど……決まりで、自身に奇跡を使ってはならないってあるからな。仕方ないね――と、そんなことより。

「ごめんなさいいいいい。美味しいもの、たくさん食べさせないとって思ってええええ。ごめんなさああああああああいっ！」

私が寝ているベッドに伏せって、コレットさんが号泣している。

このベッド、雲みたいにふかふかなの。さっきのパンとどっちがふかふかかな。あたたかくて、ふかふかなベッドで眠れるだけで、すごくしあわせ。

それに快適ぐーたら生活の第二に必要なものとして、家を管理してくれる人らと円滑な交流も必須だと思うのだ。ギスギスした環境でぐーたら過ごせといわれても、しっくりこない。

だから、泣かないでほしいんだけど……どうしたらいいんだろう？

何も気の利いた言葉が出てこないから、私は指先で式を描いてみた。

私の指の動きに沿ってキラキラ光るのが、マナ。マナは決まった配置に並べてあげると、決まった動きをしてくれる。その配置のパターンやアレンジが数えきれないほどあるから、とにかく聖女や聖人は勉強に勉強を重ねるんだけど……私が今描いたのは、すごく簡単なもの。キラキラしたマナが大気中で弾むことによって、シャラシャラした音を奏でるの。

キラキラ。シャラシャラ。これは子供をあやす時によく使われる式だ。規模を大きくすれば、式典などの演出に使われることもある。

それを、コレットさんのまわりで躍らせれば。

彼女は目じりの涙を拭いながら、くすくすと笑い出してくれた。

「これ、奥様の奇跡ですかぁ？」

私がこくりと頷くと、コレットさんはほころんだ顔でキラキラを指先で突っつきだす。

「ふふっ。こんなきれいなマナ、初めて見ました」

「大げさ……」

途端、私は大きなあくびをしてしまう。あぁ、奇跡を使ったからかな。すごく、眠いや……。

昔はこんなの目じゃないくらいの式を、一日数えきれないくらい使ってたんだけどなぁ。

まぁ、使えなくなったから、こうして売られたわけだけど。

瞼の重みに耐えられなくて、目を閉じると。

頭に乗せられた優しいぬくもりが、規則的に動かされる。

「おやすみなさい、奥様」

今も、お腹はシクシク泣いているけれど。

それでも、こんなあたたかいなら——頓挫したかと思ったけど、今のぐーたら生活も幸せだ。


「——あれから変わりないのか？」

「はい、夜もずっと眠っておられました。もうすぐお時間ですが……どうしましょう？　このまま寝かせておいていいですか？」

「当然だ。ただ万が一があるから、昼過ぎまで起きなかったらもう一度医師……いや、教会に連絡して聖女を派遣してもらって――」

教会……？　やっぱり私じゃ不出来だから、また教会に返品されるの？

また、一日二十二時間労働生活？

ちょっとでも失敗したら、鞭で叩かれるの？

「やだ……」

思わず、そう呟いてしまった時。

私は旦那様と目が合った。おいしそうな桃色の髪と、宝石のようにキラキラした碧眼。きれいだな。てか……あれ。私、今なに言った？

「ノイシャ、目覚めたのか？」

「えっ？　あ、あの……」

ノイシャって、私のことだよね……？

いきなり名前を呼ばれて思わずまごついていると、旦那様がハッとご自身の口を塞ぐ。

「いや、ノイシャ殿。いきなり呼び捨てにしてすまなかった。それとも、俺に名前で呼ばれること自体が不快だろうか？　希望の呼ばれ方はあるか？　できれば、見送り時は『ノイシャ』と呼ばせてもらえると、なかなか『それっぽい』と思うのだが……」

「あ、大丈夫です。グズでもノロマでも、オバケでも白髪人形でも、何でも慣れてます」

私は慌てて「ご自由にどうぞ」と言ったつもりなのに、なぜか旦那様は頭を抱えてしまう。

「……セバスから報告は受けていたが、なかなか重症だな」

「そうなんです。もう、わたしが幸せにしてあげなきゃ～感が半端ないんです」

コレットさん、どうしてそんなに固くこぶしを握っているのですか？

だけどそれを聞くよりも先に、旦那様が私に向かって「まぁいい」と話しかけてくる。

「とりあえず息災で何よりだ。今日はこのままゆっくり休んでいてくれ」

「休み……？」

「ぐーたら寝ていてくれ、の方が喜んでくれるんだったか？」

小さく笑った旦那様からの、ぐーたらの提唱。反射的に「やっほい！」と手を上げると、旦那様は「お休み」と部屋から出ていこうとする。コレットさんも「じゃあ旦那様のお見送りだけ行ってきますね～」と踵を返して――私は気づいた。

朝だ。窓から差し込む日差しがまぶしい。朝は働く時間。旦那様と『らぶらぶ夫婦』をするのが、私の新しい仕事だ。……仕事はきっちりこなさなくちゃ！

「ま、待ってください！」

私は慌ててベッドから下りて、旦那様の腕を摑んだ。いきなり動いたせいか、立ち眩みがする。

それでも、やることとやらないと。罪悪感で、余計にお腹が痛くなりそうだもの。

「今から登城なさるんですよね？　私、ちゃんと奥さんやります」

「だけど、腹の痛みは？」

「大丈夫です、治りました！」

「それでも、ただでさえ虚弱なんだ。無理は――」

「後生ですから働かせてください！　仕事サボってぐーたらなんて……それこそ鞭打ちじゃ済みません。神様から天罰が下ってしまいます!!」

天罰はとっても恐ろしいもの。人間がどう抗っても、乗り越えることができない――それこそ私が孤児なのも、前世の業を払うため。だから、どんなに苦しくても、私は働き続けなきゃいけなくて。そうじゃないと、また来世でも不運な生まれになるって……そう司教様はおっしゃっていた。

だから――

私が目をつむって必死に縋《すが》っていると、上からため息が聞こえた。

「そこまできみが言うなら……ただ、またラーナがうるさいと思うぞ？」

「問題ありません。仕事ですから」

というより、ラーナさんの賑やかさは苦手ではない。びっくりしたけど、歓迎してくれているのが、すぐにわかったから。すごくあたたかかったから。

私がまっすぐ旦那様を見上げていると、彼は真面目な顔で頷いてくれた。

「それなら――行くぞ」

コレットさんが私の肩にガウンを掛けてくれる。ふわふわだ。あたたかい。

――さぁ、仕事を始めよう。

私の寝室からロビーまでのわずかな時間。私は昨日の成果を確認する。

「昨日の私の態度はいかがでしたか？　お二人に疑われたりなどしなかったでしょうか？」

「……あぁ、何も問題ない。今日もあの調子で頼みたいが、きみの方こそ俺に髪を触れられて、嫌じゃなかっただろうか？」

「どうして私が嫌がる必要が？　むしろ旦那様こそ、この白い髪が気持ち悪くないのですか？」

「気持ち悪い？」

玄関の扉の前で、セバスさんが開けてくれるのを待つ。昨日の通りなら、そのわずかな時間に旦那様が私の腰に手を回すはず――それなのに、旦那様は私を見下ろして、怪訝そうな顔を浮かべていた。

「きみの脱色してしまった白い髪色は、きみが今まで懸命に働いてきた証拠だろう？　それをどうして気持ち悪がる必要がある。まるで意味がわからないな」

「私の……？」

「ちょっと、今日はずいぶんと――」

扉が開くのと同時に、ラーナ様とバルサ様がすぐそこに待っていた。ラーナ様は昨日と同じような男装だけど、シャツの色が違うみたい。おしゃれだなぁ。やっぱり眩しい。

そんなラーナ様は、私たちを見てにやりと笑う。

「あら。同棲三日目で、もう喧嘩？」

その疑問符に、旦那様が即座に肩をすくめた。

「んなわけあるか。彼女の体調が優れないから、無理しないよう言いつけていただけだ」

「まあ！　ノイシャさん具合悪いの!?」

だったら寝てないとダメじゃない、と、私はラーナさんの手で扉の奥に押し戻されてしまう。

あぁ、門のところまでお見送りにいかないとダメなのに……!!

「ほら、セバスさん。コレットちゃん。大きな坊ちゃんは私たちが面倒みるから！」

「畏まりました」

苦笑するセバスさんが「それではお言葉に甘えまして」と扉を閉めようとしてしまう。

えーと。えーと……せめて！

外は、今日もやっぱりとても眩しい。

だけど扉が閉まる前に、私はなんとか言葉を絞り出した。

「あの……行ってらっしゃいませ！」

すると、門に向かおうとしていた旦那様が驚いた様子で振り返る。

そして「行ってきます」と、小さな笑みを返してくれた。

きみは命の恩人だった。

俺は事故のショックで記憶が曖昧なのだが、溺れて苦しい時に必死に手を差し伸べてくれているきみの顔だけは、とてもよく覚えている。まだ十にも満たない子供の頃だ。その少女が比較的近くに暮らしていたトレイル家の令嬢だと知ったのは、すぐあとのこと。これも何かの縁だと、それを境に家族ぐるみの付き合いが始まったのだとか。

そんな、きみの明るい笑顔が好きだったんだ。

『あ〜、またリュナン寝込んでいるの？』

幼い頃、元より自分は病弱で。川で溺れたのも、子供だてらに身体を鍛えようとしていたからだという。そんな情けない少年時代だったから、彼女が遊びに来てくれても構えない時が山ほどあった。

それでも、きみは少し残念そうにするだけで、少しも俺を罵らず、

『それじゃあ、今日は何のお喋りをしようか！』

と、侍女らに『そろそろリュナン様がお疲れのご様子ですので』と注意されるまで、ずっと楽しそうに話し続けていた。

そんな同い年の少女に、俺が淡い気持ちを抱き始めることは必然だったといえるだろう。

だけどその日、きみは他の男のものになった。

『リュナン〜。今日は来てくれてありがとう〜！　私、綺麗でしょ？』

あぁ、本当に綺麗だ。真っ白なドレスに、久々に下ろしている金色の髪。だけどそれだけではないだろう。『しあわせ』という化粧を施した最愛の女が、これほど美しいものだとは思ってもみなかった。

だから、俺は最愛の幼馴染なんか褒めてやらない。

『馳走だからってかぶりつくんじゃないぞ。せっかくの一張羅が汚れる』

『まぁ、ひどい！』

そうわざとらしく怒ってから、笑う彼女は誰よりも美しい。

だけど彼女の後ろから手を振ってくるのも、また俺の幼馴染だ。

『やぁ、リュナン。今日はありがとね』

『おう。しっかりラーナを見ててやれよ。いつヒールで転ぶか危なっかしくて仕方ない』

『もう、今日はいつになく辛辣……あ、わかった〜。結婚式いいなぁ〜とか、思っちゃったんでしょ？』

彼女は昔から悪戯が好きな少女だった。

昔と変わらない悪い笑みを浮かべた花嫁が耳打ちしてくる。

『いい機会だから、お好みの令嬢を紹介してあげようじゃないの〜。ほら、どの子がいい？　今日なら選り取り見取りよ？』

――は？

好きな女の結婚式に、好きな女から、他の女を紹介されるだと？

――馬鹿にするのも大概にしてくれ！

もし、彼女が俺の気持ちを知った上でのことなら、そう罵倒しても良かっただろう。

だけど、彼女は知らないから。

打ち明けたこともない、俺の秘めた恋慕なんて――彼女は想像だにしたことないだろうから。

『……結構だ。余計なお節介はいらん！』

『そんな格好つけなくても〜。リュナンもいい歳でしょ？　その歳の次期公爵様が婚約者どころか、浮いた話ひとつないなんてご両親も悲しむわよ？』

だから、俺はつい言ってしまったんだ。

『案ずるな――妻に迎えたい女なら、他にいる』

それは真面目に生きてきた俺の人生、一番の失言だった。

「具合悪いっていうのに見送りに出てくるとか、健気な奥さんじゃな～い」

馬車の中で、向かいに座るラーナがニコニコと言ってくる。

それに、俺は意地悪く訊いてみた。

「そんなに俺の妻の話が楽しいか？」

「当たり前でしょ～。リュナンと恋バナなんて、この十五年で初めてですもの！」

ラーナとは互いの領地が隣同士のこともあり、生まれた頃から懇意にさせられていた。それこそ、親同士が『将来は結婚させてもいいかも』と冗談を言うくらいには。

……なぜ冗談かというと、俺も彼女も嫡子だから。俺は母の身体が弱く、一人っ子。ラーナのトレイル侯爵家も男兄弟が生まれず、四人姉妹だ。そのため俺はもちろん、彼女も将来的に婿をとることが望まれていたし、彼女自身もそれに異を唱えることがなかった。

だから初めから、この恋が実るはずなかったんだ。

どんなに幼い頃から、彼女に恋焦がれていようとも。

「誰がラーナにしたいと思うか。いつどこでお喋りのネタにされるかわからん」

「もう、私は存外口が堅いのよ？　ねぇ、バルサ？」

「う～ん。それは時と場合によるんじゃないかなぁ？」

そう言葉を濁すバルサも、俺たちの幼馴染。両家に出入りしていた商人の息子だ。あまり貴族階級を気にしないラーナらしく、よく見かける同い年の少年はすぐ遊び相手のターゲットになったらしい。俺にキラキラした眼差しで『新しく出来たおともだちなの！』と紹介してきた日のことを、今でもよく覚えている。

俺は彼女の後ろでオドオドしていたバルサに、嫉妬したんだ。まるで剣の心得がないといった彼を、剣術の真似事でぶっ飛ばした。木刀で殴られて泣いたバルサに、溜飲を下げようとしたのに――ラーナは俺のことを容赦なく怒鳴り飛ばしてきたんだ。しかも、バルサの方も『大丈夫だよ』とその日は笑って流していたのに。

後日、『また勝負しようよ』と言ってきたバルサはめっぽう強くなっていた。手を豆だらけにして、必死に練習してきたらしい。いつもヘラヘラしているくせに……昔から負けず嫌いで、努力家なんだ。それでも、幼少期から軍人あがりのセバスに鍛えられていた俺は、負けることはなかったけど。それでもラーナに『すごいね！』と褒められているバルサを見て、俺は完敗した気分になったものだ。

その劣等感は、今も拭えていないけれど。

それでも二十年もつるんでいれば、扱い方くらい覚えるものだ。

「というか、おまえらはいつまで俺を迎えにくるんだ？　俺らもう二十四だぞ」

「でも、どうせ通り道よ？　行く場所も一緒。行く時間も一緒。だったら一緒に行った方が効率的じゃない。あなたの屋敷、ひと少ないんだし」

「俺ひとりの世話に何人も雇う方が非効率だろう。それに馬車より、直接馬に乗った方が早い」

両親は北方の領地に暮らしている以上、王城近くの屋敷を拠点にしているのは俺だけだ。それに十人も二十人も雇う方がどうかしている。本当ならセバスとコレットの二人だけで十分すぎるくらいだ。

――でもこれからは彼女もいるから、馬車の用意もしておかないと。

ひとまず『妻』として屋敷に女を迎え入れた以上、不便させるわけにはいかない。両親からの援助と騎士としての個人収入もあるから、金銭的に不自由させることはないと思う。それでも体面があるだろうと侍女の数は増やしたが……彼女が街に出掛ける時には馬車も必要だ。ここから王都まで、馬車で二十分ほど。女性の足で歩くにはしんどいだろう。

ましてや、あんな虚弱な少女では。

「それにしても、ノイシャちゃんにちゃんと食べさせてるの？」

「食べさせた結果、腹を壊したらしい」

「あら……今まで、どれだけひどい生活してたんだか」

正直、俺ら貴族には想像できない生活……なんだろうな。

もちろん身請け前に調査したが、彼女は『下位』の聖女だったという。それでも、見習いではなく正式な聖女の一人だ。たとえ爵位持ちでなくても、普通ならそれなりの生活を保障されていただろうに……あの虚弱さ。低身長なのも、成長期にまともに食べさせてもらわなかったせいか？　教会から取り寄せた調書では、ただ『十八歳で早くもマナを枯渇させてしまった、聖女適性の低かった少女』とだけあったが。

「もう一回、調べた方がいいかもよ？　身請けされる聖女って、普通はもっと見た目にも気を使っている人が多いって聞くもの。それがあんなにガリガリなんて……よっぽどだわ」

「すでにセバスに再調査を頼んである」

それでも、さらに個別に調査してから、聖女『ノイシャ＝アードラ』を指名したつもりだった。仮にも次期公爵の妻になってもらうわけだ。『聖女』の称号は下手な貴族位より見栄えがあるから、そこはどの女でも問題なかったのだが――それでも家系に犯罪者がいたら問題になる。幸か不幸か、彼女の両親の存在は一切わからなかった。聖女としての勤務態度も至って真面目。他の候補の聖女は皆、俺に色目を使ってきたから……まるで無反応だった彼女に決めた。俺に好意をもたれても、面倒なだけだったからな。……我ながらひどい話だ。

そんな俺の胸中を一切知らないラーナが、にこりと微笑んだ。

「なら報告も早そうね。セバスさん本当に有能だもの。うちにも一人ほしいくらい」

「セバスもコレットもやらんぞ。あいつらがいなくなったら、正直俺は貴族としてやっていける気がしない」

「ふふっ。素直で可愛いこと。それを本人にも伝えてあげたら？　きっと喜ぶわよ？」

「絶対に断る」

そんなこと言ってみろ。セバスだけならともかく……コレットがニヤニヤ面倒に決まっている。

あいつは本当に昔から生意気なんだ。別に敬語や口調をどうこう言うつもりはないが……まぁいい。コレットは今更どーにもならん。ひとまず今はあの虚弱な聖女を、いかに新しい生活に慣れさせるかが問題――

「でも、そっか……リュナンはあの聖女を選んだんだね」

「どういうことだ？」

「ううん。真面目なリュナンらしいなぁって、思っただけよ」

……俺らしいって、なんだろうな。

ラーナがこの笑顔を見せた時は、どんなに聞いたって何も答えてくれない。

だからため息で躱して外を眺めようとすれば、バルサが耳打ちするような仕草で、堂々と訊いてくる。

「ところで、いくらだったの？　あの聖女さん」

「あー……――」

ざっと王城勤めの普通の騎士の年収で、五年分ほど。

それを提示すると、バルサは後ろに跳ねた。

「普通の身請け金の倍以上じゃないか！　さすが若くして副団長まで上り詰めてるエリート！」

「豪商の息子にして、侯爵家の婿になるにあたり城の財務部で秘書しているエリート士官様の賛辞は身に染みるな」

「あらあら。国内初の女領主になるべく、法務部で毎日必死に資料集めをしている下っ端文官は、馬車から降りるべきかしら？」

三者三様、それぞれの他己・自己紹介に、俺らは顔を見合わせつつ笑って。

馬車が城門をくぐり始める。もうすぐ、朝の談笑タイムは終了だ。

ラーナがパンパンと両手を叩く。

「とにかく、あなたも一人の女の人生を買ったんだから。男として全力で幸せにしてあげなきゃダメよ！　でなきゃ私が只じゃおかないんだからねっ!!」

「昨日も言われたな」

「明日も言われるんじゃないの？」

「違いない」

当たり前の毎日は、少しずつ変化していく。

その変化を……俺は受け入れられる日が来るのだろうか。

ラーナが先に降りてから、バルサがあとに続こうとした時だった。

「……ごめんな」

「何か言ったか？」

振り返ろうともしないバルサは、赤い髪を揺らすのみ。

「いんや。なんにも」

白いとろとろしたもの。

話には聞いたことがある。パンを作る麦ではなく、米という他の穀物を主食にしている国があるという。そんなお米で作られたとろとろは、真っ白なのにすごくいい香りがした。

あまりにおいしくて「やっほい！」と喜んだら、コレットさんは私の頭を撫でながら教えてくれた。これが大丈夫そうなら、夕食には卵を入れたとろとろにしてくれるらしい。

……楽しみだな。


「むひひ」

お腹はだいぶ落ち着き、普通に動けるようになった。

そんな私はお部屋でひとり、ついついニヤけてしまう。

と、そこでちょっと気が付いた。コレットさん、こんな風に笑ったりしてないな？

「もしかして私、笑い方、変……？」

教会にいた頃から思っていたのだ。お貴族の礼拝者は、若い人でもこんな笑い方をしてなかったなぁ、と。それに最上級の喜びを『やっほい！』と表現した時も、旦那様やコレットさんは変な顔をしていた気がする。

私も一応、公爵夫人になったわけだし。

三分とはいえ、いや三分だからこそ、それ相応の振る舞いが必要となろう。

「むふふ」

なんか違う。

「ひひひ」

これでもない。

「ひーひひひひっ」

方向性がずれた気がする。

鏡を見ながら、数十分。そんなことをしていた時だった。

「ずっと変な声が聴こえてくると思ったら――奥様なにをしてるんですかっ!?」

……そっか、変な声だったのか。

私が表情を戻して見やると、コレットさんはどうやらシーツを持ってきてくれたらしい。

「干したてをお持ちしました！　これで気持ちよく、ぐーたらできますよ！」

「ぐーたら……やっほい！」

「ふふっ。じゃあ、こちらに取り換えつつ、お部屋も掃除しちゃいますね。体調がよろしいのなら、その間少しお散歩してきてもらえますか？　今日はいいお天気ですから。お庭でぐーたらするのも、なかなかオツだと思いますよ？」

「むむっ……ちがうな。ふんふっ。ふっふ?」

屋敷の中を歩きながら、引き続き笑い方の練習。

さっきのコレットさんの真似をしてみているのだけど、なんかちがう。

コレットさんって一見奔放なんだけど、笑い方とか動きがすごく優雅なんだよね。下手な礼拝者よりすごく綺麗だ。おそらく使用人の養女とはいえ、公爵家で育てられてきたからなんだろうな。

旦那様も朝食の食べ方がすごく優雅なの。あんなに体格の大きい男性が食器の音ひとつ鳴らさないことには驚いた。司教様とか、けっこうカチャカチャうるさかったからなぁ。

ともあれ、私は今お庭に向かっている。

部屋の窓から、綺麗なお花が見えていたの。コレットさんの勧めもあるけど、教会では私が花の手入れもしていたから、少し気になっていて。

それにお庭でぐーたら、すごく素敵!

何もしなくていいんだよね? ポカポカお日様の下で、ただお花を見るだけ。ぷかぷか流れる雲を見上げるだけ。なんて贅沢な時間なんだろう!? やっほい!

わくわくお庭に下りると、そこには見知った顔がいた。

いつものブラックスーツ姿ではなく、首元にタオルを巻いて、長靴を履いているから、一瞬誰だかわからなかったけど……執事のセバスさんだ。まさに緑の壁と呼ぶべき生垣の剪定を行っている様子。やっぱり外はちょっと眩しいな。朝ほどじゃないけど。

「おや、奥様」

私に目を見開いたセバスさんが、屋敷の二階を見上げる。そして「あぁ、コレットに追い出されましたか」と謝ってきたから、窓にお掃除するコレットさんが見えたのだろう。

私は「お庭にぐーたらしに来たんです」と首を振ってから、おずおずと聞いてみた。

生活を維持してくれる人たちと良好な人間関係を保つことも、快適なぐーたら生活に欠かせない事柄だよね。

「お庭の手入れも……セバスさんの仕事なんですか？」

「仕事というより趣味ですな。庭師を雇おうかとも提案されているのですが、どうにも人の手が入るのが嫌でして……わがまま言って、勝手をさせていただいております」

趣味――その単語は、今までの私の生活とは無縁だったもの。好き好んでやりたいこと、とか、楽しいことって意味だよね？　だったら――

「……つまり、セバスさんの『ぐーたら』？」

「ははっ、たしかに一緒ですな！」

その笑い方が今まで以上に豪快に見えたのは、ラフな格好だからだろうか。

でも、そんなセバスさんを見て思う。やっぱりぐーたらできるのって、幸せなことなんだ。私もせっかく自由な時間をもらえるようになったんだから、しっかりぐーたらしないと！

そう意気込んで、お庭を見渡す。本当に素敵なお庭だ。生垣以外の草花はあまり刈り込まれていない様子。この自然な様を生かしたお庭の造りは、たしか最近の流行りなんだよね。異国のお庭の真似をしているんだとか。花が咲く季節ごとにまとめて植えるのがポイントで、さらに斜面にボーダー状に植えていくと見栄えがよくなるの。私も司教様に言われてお庭造りしていたから、少しは知ってる。

だけど、そうそう都合よく咲き続けてくれる花なんてないから……このジキタリスも、もうすぐ終わりだなぁ。ちなみにこのピンクのお花も葉っぱも食べちゃいけない。あれは……かなり苦しかった。

そんな昔を、ふと思い出していた時だった。

「奥様も花がお好きなんですか？」

「……嫌いじゃ、ないです」

私はぶら下がるように花を咲かすピンクの花にそっと触れながら、少しだけ話す。

「花が咲くのは嬉しいけど、枯れてしまうのは悲しいから」

「それは命あるものの宿命ですな。花だけでなく、人間も――終わりがあるからこそ、こうして懸命に咲き誇ろうとあがく様が美しいのですよ」

タオルで汗を拭きながら、返してくれた言葉。それは一見、私を励ましてくれているようだけど……その奥にある感情は、おそらく自身への後悔。

「セバスさんは、もう咲いていないんですか？」

「……さすが聖女様。鋭い洞察力ですね」

公爵家の執事なんて、素晴らしいお仕事だ。それなのに……と私は改めてセバスさんを観察してみる。よくよく見れば……立ち方が少しおかしい。背筋はしっかり伸びているのに、若干傾いている。その違和感の原因は——

「脚？」

もっと焦点を絞れば、膝かな。屈んでズボン越しの患部をじーっと眺めていると、頭上からセバスさんの苦笑が聞こえる。

「よくお気づきで。ですが古傷です。お気になさらず——」

「治せると思いますよ」

『ぐーたら』するのに、身体の不調があるのはよくない。お腹が痛いと、ふかふかベッドで寝ているはずなのに、どうにも楽しくなかったもの。だったらセバスさんだって同じはず。

たしかに少し前までは、この程度の治療もできなくなってしまっていたけど。

お腹がポカポカしている今だったら。

頭が仕事モードに切り替わる。

——もう少しだけ、仕事をしてみよう。

「患部に触れさせていただきますね」

私は指先で聖印を描いてから、膝を撫でるように触れた。目を閉じれば、膝の中が〝視〟える。本人の言う通り、たしかに古い傷だ。一度膝の所で脚が切断されたのかな？　それを無理やりくっつけたような、そんな内部になっていた。余計な神経の癒着が多いせいで、動きづらさや痛みを生じさせているのだろう。だったら簡単だ。その癒着を剝がしてあげればいい。

私は反対の手で治療用の聖印を描く。

「奥様、私まではいいですから――」

「もう少しです」

癒着の切除中に話しかけないでください。少しでも神経を傷つけたら大変。これでもけっこう集中しているんです。

だけどそれが終われば、あとは簡単。回復の奇跡をかけて、弱った神経や傷ついた皿の修復。

あ、ついでにお花も。私は回復の奇跡をかける。セバスさんは枯れるからこそ美しいと言っていたけど、少しでも長くお花も「綺麗だね」て見てもらいたいと思うから。枯れて、捨てられるのは……きっとお花でも悲しいよね。

ざっと……治療を始めて三分くらいだろうか。ふぅ、と一息ついた途端、眩暈がする。

――あ、だめだ。

私の膝が崩れてしまった。セバスさんが抱きかかえてくれるも……目を開けていられない。

「奥様、奥様っ!?」

セバスさんの悲痛な声がする。

ふふっ。こんな声まで、やっぱりコレットさんとそっくりだなぁ。

あっ。今、上手に笑えた気がする――とても眠くて、誰かに確認することはできないけれど。


目覚めると、窓から夕陽が差し込んでいた。

お布団がきもちいい。たしかコレットさんがシーツを替えてくれたんだっけ？

なるほど……ぐーたらのためには、寝具が重要……メモメモ。

こないだよりは早く目覚めたみたい。やっぱりぐーたらさせてもらっているから、身体も元気になっているんだなぁ……なんて、私的には「やっほい！」な気分だったんだけど。

「きみは学ばないのか!?」

なぜか枕元にいらっしゃった旦那様に、いきなり怒られてしまった。その後ろで控えているセバスさんが「そんないきなり！」と旦那様を制止しようとしているけど、旦那様の鼻息は荒いまま。

……そんな悪いこと、したつもりはないんだけど。

一見したところ、セバスさんに不調はなさそうだ。それに窓の外を見ても、私が奇跡をかけたあたりのお花に変調があったようには見られない。

――それでも、旦那様が怒っているのなら。

「ごめんなさい」

私は謝罪を口にしながらベッドを下りる。そして服を脱ぎ、背中を向けた。

そのまま大人しく沙汰を待っているのに、旦那様がぶつけてくるのは疑問符のみ。

「……何をしているんだ？」

「い、今から鞭で打ちますよね？」

だから、その準備をしました――そう答えると、嘆息交じりで低い声が返ってくる。

「ど阿呆」

――どあほ……？

たぶん、罵倒の一種。だけど殴られるわけではない。怖いわけでもない。

おずおず振り返ると、旦那様が「とりあえず服を着てくれ」と顔を背けている。耳が赤い。

命令ならば従うまで……と、もぞもぞ服を着直せば、次に「ベッドに座ってくれ」と命じられる。

当然、従う。すると、今度は旦那様が屈んだ。私と視線の高さが一緒になる。

「セバスの脚は、俺らが生まれる前の戦時中にできた傷だ。脚が繋がっているのが奇跡な状態だったらしいな。もう二度と歩けない――当時の聖女にそう匙を投げられたものの、本人の必死の快復訓練を経て、こうして日常生活に支障がない程度には動けるようになったらしい」

突如始まった、セバスさんの昔話。

奥を見やれば、セバスさんは「軍人だったんです」と少し気恥ずかしそうに苦笑していた。

私も何か言葉を返そうとするも、それより先に旦那様の話が続く。

「もちろんセバスの主人として、脚の治療は感謝する。日常に支障がないとはいえ、動きすぎると痛みは感じていたらしいからな。だけど――俺は今、それをきみに頼んでいない！」

旦那様の青い目は、ずっと私を映したままだった。

小柄で、貧相な自分。髪も真っ白で、だしがらのような哀れな少女。

決して十八歳の次期公爵夫人には見えない自分を、旦那様は真っすぐに見つめてくれていた。

「俺はきみに、聖女としての役割なんか求めていない。ただ……朝だけ。一日三分だけ、妻役を務めてもらえればいいんだ。今までの溜まりに溜まった人生の休暇だと思って、この屋敷では思う存分ぐーたらしてくれ。やっほい……だっけか。あんなに喜んでいただろう？」

――なんでだろう。

旦那様は決して難しい言葉を使っているわけじゃないのに。おっしゃっている言葉が、今ひとつ頭に馴染んでくれない。私はもう聖女じゃない。次期公爵夫人として振る舞えと。立場を履き違えるなと、そうおっしゃっているだけなのに。

――私はもう、聖女じゃないのか……。

だからだろうか。私も的外れなことを訊いてしまう。

「……あの」

「なんだ」

「旦那様は……今日はお帰りが、早いですね……？」

それを尋ねると、とうとう旦那様が頭を抱えてしまう。

「妻が倒れたと連絡が来たから、早馬を飛ばしてきただけだ。すぐに仕事に戻る――今晩は帰れないから、明日の見送りもいらん。ゆっくり休んでくれ」

「……畏まりました」

私は了承したのに、再び旦那様はため息を吐かれてしまった。

だけど私を殴ることなく、部屋を出ていかれる。

――私の何がいけなかったのだろう?

――お怒りなのに、どうして私を殴らないのだろう?

不思議に思いながら背中を見送っていると、セバスさんが頬を緩めていた。

「旦那様は、あれでも奥様をとても心配なさっているのですよ。とても不器用な方なので、肝心の言葉が足りませんがね」

そう言い残して、セバスさんも「では見送りに行ってまいります」と踵を返す。

ひとり残されてしまった……そう思う間もなく、入れ違いでコレットさんが入ってくる。

「父さんも奥様にお礼言ってなーいっ!」

と文句を言ってから「まったく、これだからウチの男どもは～」と鼻息荒くして。

可愛らしい笑顔で、ベッドに座ったままの私に頭を下げてくれた。

「改めて、父の治療も、ありがとうございました。三十歳若返ったようだと、先ほどバク転を見せてくれましたよ。膝が治ったからって、歳は歳なんだから勘弁してくれってのが娘の本音なのですが……」

――父の治療も？

言葉の端が少し気になるけれど、それよりも気になること。

私が「バクてん？」と小首を傾げれば、コレットさんが「あ～こんなのです」と、スカートがふわぁっと広がって。その場でグルンッと、足を背中の方へ一回転。

えっ、なにそれ。すごい！　人間が回った!?

元の姿勢に戻ったコレットさんが、私を見てくすくすと笑う。

「そんなに喜んでくれるなら、いつでも披露しますから……それより、ちょっと失礼しますね」

と、近づいてきたコレットさんが――私のおでこを指先でピンッと弾いた。少しだけその部分がピリッとする。反射的におでこを押さえると、コレットさんがムッとしていた。

「奥様はもっとご自愛してくださいませ！　いいですね？　出会ってまだ数日のわたしたちですが、もう奥様は家族の一員なんですから！　あなたが思っている以上に、わたしも父さんも旦那様も、奥様が可愛くて可愛くて仕方ないんです。もう大好きですからねっ！　諦めてくださいねっ！」

――何を、諦めるのだろう……？

そしてまた、私が訊くよりも早くコレットさんも「夕食を持ってきますね～」と部屋を出ていってしまう。みなさん本当にお仕事が早い。

「じあい……」

言葉の意味は知っている。他者に深くて大きな愛情を向けること。もしくは、自分を愛することだ。今回は前者だよね？　もっとコレットさんたちを大事にしろということだろうか。

「難しいなぁ」

私は窓の外の沈みかけた夕陽を見る。その赤はとてもキラキラして目に染みるようだった。

慈愛はよく『親が子を愛するように』と家族で例えられる。それこそ神様にとって、我ら人間皆が愛すべき子であると。神は我らを常に慈愛の目で見守ってくださっていると。

そんな教えを説かれる時、私はいつも疑問に思っていた。

「家族ってなんだろう？」

その日の夕飯は、卵の入った黄色いとろとろだった。

とってもあたたかくて、いい匂いがして、これもすごくおいしかったの。

彼女の背中がとても小さかった。それなのに、その背中は赤黒かった。顔など、目に見える場所は陶磁器のように白いのに。赤みを帯びて生々しいわけじゃないのが、一層胸が苦しくなる。昔から、恒常的に背中を打たれていたという証だから。

「よりによって……とんでもない女を引き当てたもんだな」

王城内の執務室の一つ。俺は騎士として城に勤めているものの、副団長という座に就いてからはこうして机仕事ばかりになってしまった。城の警備や王族の警護として、立ち仕事をしている方がよほど性に合っている。しかし、なまじ『次期公爵』という肩書と、幼少期からセバスに叩き込まれた剣の腕、そして勤務態度から、とんとん拍子に出世してしまった。己の真面目さが恨めしい。

だけど、今日はさらに輪をかけてペンが進まない。

日はとっくに沈み、星が綺麗な夜だ。本来の新婚なら、こういう日こそ早く帰り、美味しい酒でも片手にロマンチックな夜とやらを過ごすのだろう。

——元より、そんな甘い生活を望んでいたわけじゃないが。

そう。自分はあの少女に何も望んでいなかった。

ただ、ラーナとバルサに本心を知られずにいられれば。それだけで。

そのためだけに、謂わば『飼った』ようなものだ。愛玩よりも最低な利己心を満たすために。

彼女に不便させないようにするのは、己の罪悪感を軽減させるため。

だからだろうか。

あの可哀想な少女の背中が。

打合せの時の真剣な瞳が。

懸命に『行ってらっしゃい』と見送ってくれた健気な姿が。

不器用に『やっほい』と喜ぶ、年不相応に幼い姿が。

まるで、脳裏から離れない。

――同情か。あるいは庇護欲か。

「本当に、最低な人間だな」

己の都合で女を買い、彼女の意見や人間性などまるで知らないまま、勝手に『可哀想』などとのたまう。我ながら、反吐が出るほどのクソ野郎だ。

「だから、せめて……」

クソ野郎に人生を買われてしまった、哀れな少女のためにしてあげられること。

それはやはり何不自由ない生活を用意してあげることくらいだから。

働くしかないと、再びペンを走らせようとした時だった。

「ちょっとリュナ～ン。まだ働いてるの？」

「ノックくらいしろ。次期女当主」

容赦なく入ってくる自称下っ端文官こと、ラーナ＝トレイル婦人。

彼女は今日も遠慮をしない。

「早く帰りましょうよ。可愛い奥さんがお家で待っているんでしょう？」

「夕方に一度戻っているから心配ない」

――正直、心配だらけだが。

セバスから聞いた限り、本当に勝手に奇跡を使い、勝手に倒れたらしい。

わかっているのか？　自分はマナ不足で聖女として使い物にならなくなったから売られたんだぞ？　それなのに、セバスの命に支障があるわけではない古傷の治療をするとか……彼女は死にたいのか？

――いや、まさかそんな……。

否定したいが、否定できるだけの材料がない。

この世に嫌気が差して、死にたいがために積極的にマナを使っている可能性も……。

だって、あんなに痛めつけられてきたんだぞ？　とっくに人生に絶望していたっておかしくない。

俺はそんな少女を、さらに都合の良い道具として酷使しようとしているのか？　果実のような色合いが可愛かったであろう髪が、真っ白になるまで働いてきた年下の少女を。

そんな俺の胸中を知らず、ラーナは俺の執務机を覗き込んでくる。

「そんなに難しい仕事してるの？　……て、盗難被害届？　一露店商の盗難事件なんて、城の副団長が関与すること？」

「他部署の書類を勝手に見るな」

「それなら目の前でマジマジと悩まないでくれる？」

「勝手に部屋に入ってきた身分でずいぶん勝手だな」

「だって勝手に入ってきたんだから勝手で当然でしょ？」

「……些細な言い回しの妙を責めないでくれ」

たしかに俺だって、なんでただでさえ管理職として仕事量が多いのにこんな書類を片付けなきゃならんのか疑問に思うが……団長が『お前がやれ』と押し付けてきたんだから仕方ないじゃないか。しかも団長は『今日は奥さんと初めてケーキを食べた記念日』とか言って定時きっかりで帰ってしまった。まぁ、いつものことだが。

だから、というわけでもないが。

本当に……いっぱいいっぱいなんだ。主に自業自得で。

仕事もそうだが、『無理です』『やっぱり自分が間違ってました』なんて返品もできない。団長が恐妻に怒られるのは知ったことではないが……それこそ、彼女がどんな地獄を見るのか……想像するだけで胃が痛い。

俺が腹を押さえていると、ラーナが腰に手を当てて嘆息していた。

「だから、おつかれの副団長さまは早く帰りましょうって言ってるの。あの聖女さん、ただでさえ具合悪いんでしょ？　ここでヨシヨシしないで、いつヨシヨシするのよ」

「よしよしって……そういうきみの旦那はどうしたんだ？」

俺が体勢そのままに視線だけ向けると、彼女は肩を竦める。

「バルサなら決算の数字が合わないとかで残業中～。最近、教会からの援助要請が増えたとかで

「……まだちょっと時間かかりそうだったからね。先にこっちから迎えに来たの」

「別に三人一緒に帰る必要なんてないんだから、先に一人で――」

帰ればいいのに、と言おうとしたところで、夜の更け具合を確認する。

多少の護衛がつくとはいえ、さすがに女性ひとりで帰らせるには危ない時間だ。……そもそも、女がこんな時間まで働くなという話だが。

彼女も不便なものだ。男なら城の内部にある官舎に泊まる……というか、官舎で暮らす事務官らは山ほどいるが、男所帯だ。女の身の彼女が泊まれる場所がないのだろう。部屋を用意してもらっても……風呂もトイレももちろん共同。たとえどんなに遅くなろうとも、翌日のためにも屋敷に戻ってきちんと身なりを整えたいのだろう。

「ラーナも……大概真面目だよな……」

「リュナンほどじゃないと思うわよ。てか、あなたに言われるとむしろ凹むわ」

「俺はいたって普通のつもりだが」

「それ、普通じゃないひとほど『自分は普通』と言い張るのよ」

「…………」

これ以上はやめよう。長年の経験からして、俺が痛い目を見るだけだ。

だけど、目下の不安がなくなったわけではない。

目の前の日報と、自らの死に「やっほい！」とまっしぐらな妻。

もっと自らの生に執着されるには……。

「『ぐーたら生活』と言われて、ラーナならどんな生活を思い浮かべる？」

「いきなりどうしたのよ？」

「別に。どうせ俺は今日帰れないから、誰かさんの亭主の仕事が終わるまで、夫人の雑談相手になってやるかってだけの話だ」

俺が人妻《ラーナ》を送っていくのも、おかしな話だろう？

そう言い含めてみれば――それが伝わったのかは知らないが、彼女は「ふふっ」と笑ってソファに横たわる。男装だからこそできることだな。

「そうね～。ぐーたら生活……やっぱり『食っちゃ寝』っていうのが同意になると思うのよね」

「なるほどな」

「一日三食、昼寝付きってやつ？　好きなだけ美味しいものを食べて、好きな時に好きなだけ寝る……一般的には、それが『ぐーたら生活』ってのに当たると思うわよ？」

「それはずいぶん肥えそうな生活だ」

「肥えそうって言い方……なに？　家畜でも飼おうっていうの？」

「彼女の夢が、その『ぐーたら生活』らしい。だから、そんなささやかなものを『やっほい』と喜ぶなら、いくらでも叶えてやりたいんだが……ところで、『やっほい』と無表情で両手を上げるのが今の流行りなのだろうか？　俺は初見だったんだが、『やったあ』の亜種だよな？」

「思っていたより、愉快な子ねぇ」

愉快な子……本当にその言葉通り、毎日楽しく過ごしてくれるなら何も問題ないんだが。

今まで過剰に働いてきた分、『ぐーたら』と堕落した日々を過ごしたいという気持ちはわかる。

だけど自分が死にかけてまで、まだ会って数日の執事の古傷の治療をする意味は？　この短期間でそんなに懐かれたのか？

――ずるいな。

――ずるい？

「変な顔してどうしたの、リュナン」

「……いや、何でもない」

なんか思考がぶれた。元に戻そう。

彼女は知恵が足りない子なのだろうか？　損得がわからないのか？

でも契約書について説明した時や朝食の会議時は、頭の回転が速いように思えたが……。

――彼女のことが、さっぱりわからん！

それでも、どういう理由であれ一度『妻』として屋敷に迎え入れた以上、俺より早く死なれるなんて寝覚めが悪い。

「ラーナ。明日の朝でもいいんだが、うちに手紙を届けてもらえないだろうか？」

今すぐ書く――と適当な便箋を捜していれば、ケラケラ笑っていたラーナが身を起こす。

「そのくらい全然構わないけど……奥さんへの恋文《ラブレター》?」

「まぁ、そんなようなものだ」

甘い言葉の一つも書くつもりはない……というか、人生二十四年、そんなもの一度も綴ったことはないが。自ら死に急ごうとする彼女には、きちんと伝えるべきだろうと結論付ける。

だから俺はペンを片手に、ラーナに問うた。

「よし、じゃあラーナの考える『ぐーたら生活』を詳細に教えてくれ。まず、彼女は何時に起床させるべきだろうか?」

俺と、彼女の偽りの夫婦生活が、少しでも長く続けられるように。


「そういうわけで、ラーナ様経由のお手紙なんですけど……」

いつも私は陽が昇る前に自然と目覚める。毎日コレットさんには「奥様はもっと寝坊していいんですよ!?」と驚かれているけど、自然に目覚めているのだから、決して無理しているわけではない。

これでも昔よりベッドに入る時間が断然早いから、たっぷり寝すぎているくらいだ。

なので、今朝はコレットさんが来るまで、お部屋で笑い方の練習をしていたんだけど——コレットさんは渋い顔でやってきた早々、便箋を部屋中に放り投げた。

「これ、ぜんぜん手紙の分量じゃな〜〜いっ!!」

散らばったうちの一枚を、手に取ってみる。


婚前契約の追記事項。

まず仮定として、妻であるノイシャ（以下乙）は現在瀕死の状態であると認識すること。マナが不足し、乙は命の危機に瀕している。それゆえ、これ以上マナを消費するような行動・およびマナを使用する奇跡の使用を禁ずる。なお、これは乙が十分に体力を回復した際はこの限りではない。


乙はすでに聖女ではない。そのことを決して忘れるべからず。


――もう、聖女じゃない……。

その文面に、思わず私の手が震える。

……なんだろう。この感覚は。寂しいような、嬉しいような、なにか大切なものがなくなってしまったような……。

――もう働かなくていいってことなのに。

「奥様？」

「あっ、なんでもありません」

私は気を取り直して、続きに目を走らせる。契約書はまだまだ続いてた。


下記の行動指標はすべて、上記記載事項を前提とした上でのものとする。


それより下に書いてあるのは、私の生活スケジュール。

起床六時半。三十分身支度をして、七時から朝食。七時半に見送り【業務時間およそ三分】。その後、天気が良ければ庭の散策を八時まで。九時からは三時間ほど読書をして、正午に昼食を摂る。その後は二時までお昼寝。三時までお茶休憩をとってから、五時まで裁縫（読書でも可）。五時から夕食を摂り、六時から入浴等の美容時間。そして終わり次第また読書時間で、夜の九時には入眠。それらの間に分単位で屋敷内の移動時間や水分補給時間、身体を伸ばす時間等が書かれているが、大雑把に把握するなら上記の通りだろう。しかも、これらはあくまで模範的なもので、すべてにおいては前提と大原則が優先されるらしい。

――つまり、私にたくさん勉強をしろということでしょうか？

やたら読書時間が多い。裁縫でも可と書かれているけど……ようは貴族としての嗜みを独学で学べということだろうか？　他の紙を手にしてみれば、参考書籍まで書かれているし。まぁ、やってやれないこともない量だけど、まず大前提として――

今手にしているのは、仕事の契約書だ。

ちょっと頭を仕事モードに切り替えて、私はコレットさんに聞いてみる。

「私って、旦那様にとって死なれたら困る存在なのでしょうか？」

「んんん!?」

「こちらをご覧ください」

私が一枚目を渡そうとすると、コレットさんは眉根を寄せた。

「わたしが拝見しても大丈夫なんです……？」

「あ、はい。秘匿義務などについての記載は見受けられませんので」

おずおず受け取ってくれたコレットさんは「げっ。自分の妻を乙とか、まじありえない……」なんて顔を歪めているけど、これは契約書。別に何も問題はないと思うの。

そして目線を走らせて、少し考え込んでからコレットさんは言う。

「えぇーと。ご主人様の書き方は難がありまくりですが……たしかに、奥様はとても衰弱しておられると思います。なので、体力が回復するまでは十分に養生しろってことですね」

「なるほど？」

「妻のスケジュールをここまで管理しようという男気が気持ち悪いとも思いますが、今までの奥様の様子を鑑みると、気持ちはわからないでもないです。とにかく奥様にはのんびり過ごしていただきたいんだと思います。それを契約書として書くのが気持ち悪いですけど」

「旦那様は、私に死なれると何か不利益があるのでしょうか？」

「んんんん!?」

あれ？　なんでそんなにビックリするんだろう？

私は「こちらを」と他の紙を手渡す。

それには、珍しく大きな文字でこう書かれていた。


すべてにおける大原則。
・ノイシャ＝アードラが死ぬことを禁じる。
・ぐーたらをやっほい極めろ！

――このふざけた原則は何なのだろう？

――やっほいって、極める前に付ける言葉だったのでしょうか？

私の中では、大喜びを表す言葉としてメモされているのだけど……。

でもとりあえず、私は嫌味などにならないよう言葉を選んでコレットさんに尋ねる。

「私は、ラーナ様方への体面を保つために買われたはずです」

「まあ……旦那様はンなようにほざいてますね」

「二日……今日も入れたら三日でしょうか。日数は少ないですが、書類上はもう妻として籍を入れ、一緒に暮らすという事実は示せたわけです」

「続く言葉に嫌な予感しかしませんが、おっしゃっていることはごもっともですね」

「それならば、仮に私が今死んでも『悲恋』で終わり、ラーナ様方への体面はひとまず保てるのではないでしょうか？」

「やっぱりバッドエンドがすぎるうううう！」

でもその方が、旦那様方にとってラクなのでは？

私みたいな身寄りのない聖女は、使い捨てが当然。私としても、わずかながらに『ぐーたら生活』を体験することができたので、わりかし満足だったりするのだが……。

――なぜだろう。コレットさんの顔がすごく怖い。

「違う。奥様が死んじゃうなんて、絶対に嫌です」

「でも私が死ねば、旦那様は堂々と他の女性を娶ることができます。私を教育するより、もっと立派な令嬢をゆっくり選んだ方が、皆さんにとって最良かと思います」

「はんっ、あの生真面目野郎がそんなすぐに鞍替え――」

私の意見を鼻で笑い飛ばそうとしたコレットさんが、ゆっくり組んでいた腕を外す。

「ねえ、奥様……もし差し支えなければなのですが……」

「はい」

「お名前でお呼びしても、よろしいでしょうか？」

「名前……ですか？」

私が疑問符を返せば、コレットさんはまっすぐに私を呼んだ。

「ノイシャ様」

「はい。ノイシャ＝アードラです」

「この世に、ノイシャ＝アードラの代わりなんていません」

「……そうでしょうか？　アードラという家名は正式に聖女になった時に司教様に付けていただいたものですが、よくある平民の名前だと記憶して――」

「そーじゃなくて！　も〜、ノイシャ様も頭固いな〜!!」

なぜか、コレットさんが地団太を踏み始める。頭まで掻きむしりだした。

「ていうか、今までの三日間のどこが『ぐーたら』なんじゃあああああああああああいっ！ただ体調崩して寝ていただけでしょうがあああああああああ！」

そう叫び終えてから、コレットさんは「ふう」と一息。

「ちょっと父さんと相談してきます！　ノイシャ様は屋敷の中で自由に過ごされててください！ただし、奇跡は禁止!!　いいですね、ノイシャ様!?」

「……畏まりました」

そうしていつもより足音大きく、コレットさんが部屋から出て行く。

仕事モードを解除して、私も一息。

そして小さく呟いてみた。

「ノイシャさま……」

コレットさんが呼んでくれた名前を、何度も反芻する。

「くふふ」

心の中がむずむずする。だけど決して、嫌ではないから。

たとえ聖女じゃなくなっても、もう少しやっていけるかもしれない。


だけど、困った。

別に旦那様が提唱してくださったスケジュールをこなすのが嫌なのではない。

コレットさんに、今までの『ぐーたら生活』を否定されてしまった。

「たくさん寝て。美味しいものを食べて。幸せな気持ちになるだけじゃ……足りない？」

それに、どうやら旦那様方は私が死ぬことを望まれていない様子。

むしろ、絶対の禁止事項に挙げられてしまった。

ならば旦那様に買われてここにいる以上、その命令を無視するわけにはいかない。

昔と違ってお腹はいつもポカポカ。睡眠もたっぷりとって頭も冴えているし、多少マナを使って無理をしたって死なないとは思うのだけど。

「『ぐーたらを極めろ』……ですか」

なかなか難しいご命令だ。だけど、それがこの雇用における絶対条件だというならば……こちらとて一石二鳥。諸手をあげて極めてご覧にいれなければ！

とりあえず、寝具は今ので十分なはずだ。毎日コレットさんが綺麗なシーツに取り換えてくれる。枕を抱きかかえてみても、これ以上ないふわふわな弾力。旦那様からのスケジュールでは、読書の次に睡眠時間の割合が多かった。つまり、とりあえず睡眠に関する『ぐーたら度』の向上を図れば、ぐーたらの高みへ近づけるはずなのだ。

そんな計画を練っていると、気が付けば読書の時間になっていた。

とりあえず、具体的なぐーたら案がないのだから、旦那様提唱のスケジュールに沿うのが無難なぐーたらだろう。

「本……」

与えられた部屋にある本棚を見てみる。いくつか置かれている本はあれど……どれも物語のようだ。ざっと流し読むと、かつて婚約者を亡くしたメイドが訳ありの王子に見初められる恋物語だったり、国一番の聖女が護衛騎士と仕事から逃亡する冒険譚だったり、百日後に死ぬと天啓を受けた令嬢の奮闘記だったり——正直、どれもあまり今必要な知識を身に付けられそうにない。

ここは仮にも、レッドドラ公爵の分家。おそらく蔵書室などもあるだろう。

——他の本をお借りしよう。

どうせ読むなら、公爵夫人らしい振る舞いを学べる本。あるいはぐーたら生活の参考書。

そう部屋から出て、コレットさんかセバスさんを捜そうとした時だった。

「あなた、いつまで奥様を独占しているのよ！」

「と言われましても～。わたしが奥様専属の侍女を命じられてますので～」

「そもそも、それが納得いかないのよ！　どうしてわたくしがハウスメイドで、あなたがレディースを……わたくしは伯爵家の娘なのよ！」

「さあ？　だからわたしに言われましても～。ご不満は直接旦那様に言ってくださいませ」

「まったく、この役立たず！」

マチルダさんが、持っていた水差しをコレットさんに投げつける。当然、コレットさんがぶつかって痛いだけでなく、びしょびしょに濡れてしまって。

それなのに「ふんっ」と鼻息荒くしたマチルダさんたちは、コレットさんに手を貸すわけでもなく踵を返してこちらに向かってきてしまった。……いけない、こっちに来ちゃう！

私は慌ててお部屋に戻った。

コレットさん……大丈夫かなぁ。大きな怪我がないといいけど。

胸の奥がむかむかする。なんであんなに優しいコレットさんがあんな目に遭わなきゃいけないんだろう。それに……なんで私、逃げてきちゃったんだろう。

私の幸せなぐーたら生活環境は、コレットさんの笑顔抜きでは考えられないのに。

「……よし」

私は今、これでも次期公爵夫人だ。

今一つメイドさんたちの役割とかよくわかってないけど……正直、来たばかりのメイドさんよりは偉いはず……たぶん。だったら『ちゃんとした理由』さえあれば、解雇だって旦那様にお願いできるはずなのだ。

——これでも、私は聖女だったんだから。

たとえ、『聖女』という肩書が過去のものになったとしても。

『私』の能力に、何か変化があったわけではない。少し疲れやすくなっただけだ。

——それなら。

私は動き出す前に、旦那様からの契約書を確認する。

奇跡は使用してはならない。なお、これは乙が十分に体力を回復した際はこの限りではない。

つまり、私が元気なら使ってよいということだよね？

倒れたばかりとはいえ、今日は仕事が休みだった。そう——まだ三分も働いていないのだ。

「すべては、幸せなぐーたら生活のために！」

私は生まれて初めて自分のために、奇跡を行使することに決めた。

「奥様、お呼びでしょうか？」

「あ、はい……」

扉がノックされ、私は入室許可を出す。

準備をしてから、マチルダさんたちを呼び出すのは簡単だった。『貴族らしい振る舞いのことを教えてもらいたい』と……直接話しかけるのは難しかったので、メモ書きを彼女たちがお茶していた部屋に入れておいた。ノックしてから、扉の下の隙間から入れたの。気づいてもらえて良かったな。

部屋に入ってきた彼女たちはニコニコだった。

私もにっこり微笑んでみるけど……うん、マチルダさんのこめかみが少し動いたな？　少し青白く光る鏡を見やると、やっぱり私の笑顔はなんか怖かった。これは要練習。

それはともかくと、マチルダさんが話しかけてくる。

「メモ書きを拝見いたしました。大変すばらしい心掛けだと思います。そして何より、その教育係としてわたくしたちを選んでくれたこと、とても正しく思いますわぁ！」

揚々と話していたマチルダさんのこめかみが、また少し動く。

……うん、ちゃんと部屋は機能しているみたいだね。

私は歪ながら笑みを浮かべつつ「もっと中まで入ってください」と告げれば、後ろの二人も「失礼します」と中に入り、扉を閉めてくれた。

――リンッと小さい鈴のような音が聴こえるけど、気づいたのは私だけだろう。

私は気づいていないふりをしながら、何事もないように話す。

「本当はコレットさんを通すべきだと思ったんですけど……」

「そんな必要はございませんっ！　コレットはしょせん薄汚い野生児。そもそも、そんなゴミみたいな女が公爵家で働いていることが間違っているのです！　そもそも、それを許可する旦那様もおかしい。まぁ、さすがは頭だけイカれた桃色公爵。こんな枯れ葉のような女を娶った時点でおかしいのはわかっておりましたけど……」

このあたりで、ようやく自分がおかしいことに気が付いたのだろう。

後ろの二人が「マチルダ様、少々お口が――」と制止しようとしているも、彼女は「あなた方のような下級に指図される筋合いはなくってよ！」と言い放ってしまう。

私はちらりと鏡を確認してから、再び口を開いた。

「マチルダさんは、私のことをどう思っていますか？」

「そんなの、小さくて子供な背と顔のくせに、老婆のように白い髪なんて気持ち悪い！　なんでこのわたくしがそんな出涸らしのガキ売女に頭を下げなきゃいけないのか、本当に理不尽極まりないですわぁ！」

青白い顔で、マチルダさんはどんどん私を罵倒する。

それに「後ろのお二人も同意見ですか？」と尋ねれば、二人とも「薄気味悪い」だの「ぺちゃぱい」だの、散々言ってくれて。……でも、ぺちゃぱいってなんだろう？　そんなお菓子でもあるのかな？　ちょっと美味しそう。しかも、それにマチルダさんも「あなたたちなんて低能な！」なんてことを言ってしまうから、さぁ大変。聞くに堪えない悪口が、この綺麗なお部屋の中に飛び交ってしまう。

そんな様子は、全部鏡に映っていて……。

ようやく、マチルダさんが私を見下ろす。

「……どういうことですの？」

――さぁ、ここからが本番だ。

私は気を引き締めるため、小さく息を吐いてから話し始めた

「この部屋の中に、少々結界を張らせていただきました」

結界という言葉に、彼女たちは息を呑んでいる。「健康や精神を害するようなことはないのでご安心を！」と付け足すけど……その顔じゃ、あまり信用してもらえてないかなぁ？

私は説明を続ける。

「この部屋の中では、本音しか喋れないよう制約を掛けさせていただきました。なので、先ほどのあなた方の暴言は、すべて心の中で思っていることです。コレットさんだけでなく、ずいぶんと私のこともお嫌いのようですね？」

まぁ、出会って数日で好かれたいなんて、そんなわがままを願うつもりもないけれど。

それでも、私はこの屋敷の『奥様』だから。契約書に書かれていた『快適な衣食住の提供』に反する以上、快適ではない要素は排除させていただく権利があるんだ。

だけど、マチルダさんはにやりと口角を上げる。当然、その勝ち誇ったような笑みも本心から出ているのだろう。

「それで？　わたくしたちの本音を聞いてどうするつもりですの？　告げ口しようとも、あなた一人とこちらは三人、いささか信憑性に欠ける――」

「それなら対策済みです。すべて録画してありますから」

「ろくが？」

その疑問符に、私が指を鳴らそうとした時だった。

「奥様、入りますよ！」

扉の外から声がしたかと思いきや、入ってきたのはセバスさんとコレットさん。

「いきなり失礼しました……が、奥様の部屋がやたら騒がしかったので……マチルダ殿、どういうつもりかね？」

凄むセバスさんに、私はマチルダさんたちと同様「ひえ」と肩を竦めてしまう。怖い……目つきが……いつもの温和なセバスさんとは思えない鋭さ……。

だけどマチルダさんが答えるよりも前に、セバスさんは言う。

「こんな天使のように愛くるしいノイシャたんに何かあったら、貴様なんぞ八つ裂きにして海に――ん？」

すぐに口を閉じたセバスさんの後ろで、コレットさんが「ぶふっ」と口を押さえていた。

……まぁ、ちょうどいいか。

「セバスさん、コレットさん。こちらを見ていただけますか？」

なんかおかしな敬称で呼ばれた気がするけれど、私は気にせず指を鳴らす。

すると鏡に映し出されるのは、先ほどまでのマチルダさんらと私の会話風景。

「奥様、これは奇跡……？」

うぅ、コレットさんの目も怖い……本当お二人そっくり……。

だけど今回は私、倒れていません！　だから両手を身体の前で握って見せる。

「大丈夫です！　コツ、掴みました！」

「コッ～～!?」

訝し気に顔をしかめるコレットさんを「その話はあとで」と制止して、セバスさんは鏡を注視してくれていた。今はマチルダさんが私を『老婆のよう』と言ったシーン。三人は青白い顔をしながらも唇を噛み締めている。

そして『三対一では信憑性に欠ける――』と言ったシーンの後、セバスさんは静かに口を開いた。

「奥様、こちらの映像は保存しておくことも可能ですか？」

「はい、上書きしなければいくらでも」

「では今晩、旦那様にご覧いただくこともできますね」

「もちろんです」

だって、そのための録画だもの。

このくらいの奇跡なら朝飯前だ。懺悔室でも、いつもこっそり鏡を置いて録画していたからね。

司教様のご指示で。あの録画を何に使っていたのかまでは知らないけれど。

だけど、今はそんな昔語りどころでなく。疲れる前に、きちんと終わらせなければ。

私はベッドに腰かけたまま、セバスさんに頭を下げた。

「この通り、さすがにこんな私のことを悪く思っている方が傍にいるのは怖いです。もし可能であれば、人員の見直しを検討していただきたいのですが……?」

「勿論でございます」

すると、セバスさんとコレットさんが最敬礼を返してくれる。

さて、これでひと段落かな。あとは旦那様がどうにかしてくれるよね……?

幸せぐーたら生活に、また一歩近づいたよね……?

そう肩の力を抜こうとした時。

「伸ばしたい……その白いほっぺ、たんまり撫でまわしてから——失礼しました。すみません、あまりに恥ずかしいので、早くその結界を解いていただいてもよろしいでしょうか?」

真っ赤なセバスさんをよそに、コレットさんは「その録画、今の父さんも撮れてますかね? あとで旦那様と見てみんなで笑いたいんですけど」と提案してくるから。

もう仕事モードを解いていた私は「ふひっ」と笑い返した。

その日の晩。

白いふかふかパン。あっさりトマトソースのかかった鶏肉団子。緑のポタージュスープ。あと一口サイズのお野菜やお魚がちょこちょこ。

そんな素敵な夕食をたらふく食べて、食後のお茶をちびちびもらっていた時だった。

「ノイシャ殿！　奇跡を使ったというのは本当か!?」

「……契約には違反していません」

バンッと食堂に入ってくる早々、いきなり大きな声をあげる旦那様に私は答える。……だって本当のことだもの。

それなのに、息を切らした旦那さまは私に近づいてくる。急いで帰ってきたのかな？

「体調は？　腹が痛むとか立ち眩みがするとか頭痛がするとかないのか!?」

「……今日もご飯が美味しかったです」

ありがとうございました、と頭を下げれば。

旦那様は「はあ～」と片手をテーブルにつきながら、大きなため息を吐いた。そして私の頭に手が伸びて――殴られる!?　と肩を竦めたら、ぽんと優しく乗せられる。

大きな手に、私の頭はすっぽり収まっ……てはいないんだろうけど。なんか収まったような感触。あったかい。だけど旦那様は「す、すまない！」と慌てて手を退けて、そのままテーブルの対面に向かってしまわれた。

そして短い桃色髪をガシガシと掻いてから、窺うような目でこちらを見てくる。

「だ、大事がないなら良かったが……ええと、何から聞けばいいんだかな」

「あ、あの……」

がんばれ、がんばれ私。

これを確認しなきゃぐーたらマスターが遠のく！　と、私が意を決して尋ねる。

「今はぐーたらモードでの対応でも、いいでしょうか？」

「ぐーたらモード？」

凜々しいお顔立ちの旦那様が、きょとんと青い目を丸くする。

私はあちこちに視線を動かしながら、懸命に口を動かした。

「ここ数日、過ごさせていただいて……どうやら奇跡がどうこうってより、仕事モードを長時間続けている方が心身の負担になるらしく……」

「長年の過労がたたっているということだろうか」

「な、なので！　術の難易度によらず、労働時間じたいを固定していただきたいかと！」

契約内容の更新。それを申し出れば、旦那様は真面目な顔で頷いてくれた。

「それで、こちらに何も支障はない。元より、きみには朝の見送り以外に要求することは何もないんだ。その仕事モードなり、ぐーたらモードなり、奇跡の使用なり……きみの身体の負担にならない限り、ラーナたちの前以外では好きに切り替えてくれ」

「ありがとうございますっ」

私はホッとして、顔の力をゆるめる。

あ～、よかった。これで安心して、また安寧のぐーたら生活に一歩近づいた。やっほい！

私が両手をあげていると、旦那様は椅子に座り、手に顎を乗せた。

「ちなみに、その『へにゃ』っとしているのが、ぐーたらモードだろうか？」

「や、やっぱりダメですか？　鞭で打ちますか？」

「打たんっ!!」

お、大きな声……。

旦那様にお茶を淹れようとしているコレットさんと、控えていたセバスさんが一緒のタイミングで口元を押さえている。それに、旦那様もため息を吐いてから視線を向けた。

「コレット、紙とペンを持ってきてくれ」

「……かしこまりました？」

疑問符を隠さないコレットさんが、そそくさと食堂から出ていく。

それを見届けてから、旦那様は再び私に向かい合った。

「なら、労働時間をさらに具体的に明記しておこう。一日三分。基本的に残業は認めない。ただし如何なる理由であろうとも、それより超過した場合は何かボーナスを支給しよう。金銭でもいいし、物品を要求してくれてもいい。その対価に見合う報酬を必ず支払う――というのはどうだろう?」

「なるほど?　たしかにご褒美があれば、多少無理しても踏ん張れるかも……です」

「ただし、前回契約書の前提条件は継続だ。奇跡の使用を完全に禁じることはしないが、あくまで己の体調を鑑みて使用すること。倒れた際は、いかに超過労働を行ったとしても、ボーナスは支払わない。あくまでただ働きだ。疲れるだけで損するぞ。いいな?」

「畏まりました」

「よし、では書面に纏めよう。書き上がったら確認してくれ」

そしてタイミングよく戻ってきたコレットさんから、紙とペンを受け取って。

旦那様は桃色の短い髪をかき上げるような仕草をしてから、視線をおろす。

その隣で、コレットさんはセバスさんに耳打ちしていた。

「父さん父さん。あの二人、可愛い話をしているのか真面目な話をしているのか、どっち!?」

「そんなのどちらでも良かろう……お二人が順調に親交を深めているのなら」

――私は旦那様と仲良くなっているのかな?

今まで『仲良し』なんて、できたことないからわからない……。

旦那様を見やれば、節くれだった大きな手で懸命に丁寧な文字を綴っているから。

私はそれが終わるまで、のんびりとおいしいお茶をいただくことにする。

それにしても意外だった。

彼女が再び奇跡を使ったことではない。自ら気に入らない使用人を排除しようとしたことだ。

「マチルダ嬢らの仕事ぶりは、それだけ彼女に迷惑をかけていたのだろうか？」

「そんなことはなかったと思います。まぁ、我々の前では見下した様子を隠しておりませんでしたが……奥様の前では、それなりに弁えた態度だったかと」

命じた仕事はどんな雑用であれ、しっかりこなしていたとセバスは言う。それと同時に、別に彼女らがいなくなったとて、屋敷は今まで同様セバスら三人だけで円滑に回ると。

――あの小さな身体の中に、貴族への強い憎悪でもあったのだろうか？

四人で録画鑑賞会をし、彼女と解散した後。

執務室でそんな想像をしていると、セバスが少し言いづらそうに口を開いてくる。

「コレット曰く……コレットがマチルダ嬢らに絡まれていたところを見られたようです」

「……ほう？」

元より、コレットが彼女らと上手くやれていないのは承知していた。

彼女らは俺の愛人の座を狙っていたらしい。愛人とて、公爵のとなればかなりの地位。ましてや正妻が孤児上がりの娘ならば、ゆくゆくは自らが家人として采配を握ろうなどと考えていたのだろう。それにはどう考えても、実の妹のように態度の大きなコレットが邪魔だったに違いない。

だけど自分の見立てでは、コレットは彼女らを相手にすらしていないように思えたが……。

そんな俺の思考が読めたのだろう、セバスが苦笑を返してくる。

「だから甘い憶測にすぎませんが、奥様はコレットを守ろうとしてくれたのではないでしょうか？」

「まさにセバスからしてみれば『天使』じゃないか」

「その話はもうおしまいに……」

セバスの失言は、先の録画鑑賞会でしっかりと聞かせてもらった。

本当に、その結界に俺がいなくて良かったと……。

――俺の本音なんて、ただ醜いだけだからな。

ともあれ、たった数日でここまで使用人と打ち解けてくれたなら何よりだ。彼女も彼女なりに、この屋敷での生活のコツを摑んだらしいし……その、『ぐーたらモード』だったか？

どことなく、先に話した時の彼女は、朝と違いぼんやりしていたと思う。

たしかに人前に出すには少々不安があるが……それでも別に会話が通じないといったわけではないし、むしろ――

「可愛いよな」

「何かおっしゃいましたか？」

「……気にするな」

「ノイシャ様は可愛いですよね」

「しっかり聞いているじゃないか」

そう、そんな本音を自分を買った男が持っているなど、ただ嫌悪を抱かれるだけだろう。

『閨事を一切求めない』と契約書にあるのに――下手な愛着など、かえって彼女を不安にさせるだけだ。ただただ、彼女は少しだけ俺の奥さんを演じながら、この屋敷でぐーたらしていてくれればいい。

「しかし、彼女はもう奇跡が使えないんじゃなかったのか？」

「調査書では、そのようなことが書かれてましたね」

奇跡が使えなくなったから、聖女として働くことができず身請けに出された。

彼女はそのような立場だったはずだ。

だが、こうも毎日奇跡の行使を目の当たりにしていると、どうしても疑問が出てくる。

「今日のような制約付きの結界は、そんな簡単な術なのだろうか？」

「いえ、私の記憶では、かなり高難易度の式だったと思われます」

「じゃあ……彼女の身体が回復してきていると？」

回復とて、まだこの屋敷に来て一週間程度。食べたら腹痛を起こして、奇跡を使ったら倒れて

……そんな生活で回復するなら、わざわざ身売りに出す必要はなかった気がするのだが。

「今までどれだけ質素な暮らしをさせられていたんだ!?」

「読みますか?」

セバスが出してきたのは、俺が追加で頼んだ調査書のようだ。

ひとまず一枚を流し見しただけで……俺は「うっ」と息を詰まらせた。

それは八歳で聖女になってからの彼女の生活記録。

起床は朝の四時。そこから礼拝堂内の掃除をし、飲み水として与えられるものはその掃除に使った水のみ。そこから正式な聖女の仕事として懺悔室を担当しつつ、午後には外回り。合間に花壇などの手入れもしつつ、また夕刻からの懺悔を担当。教会の門を閉じてから、ゴミ出しや繕い物の雑用から、各種の書類整理まで行い、就寝時間は深夜の二時以降。食事はゴミ出しついでにそこから本当に漁っていたらしい。

残る数枚には、さらに彼女の仕事の詳細や当時の教会の経営記録および人員配置の推移などが記載されているようだ。近年の彼女はあからさまに仕事効率が落ちたということで、司教から『身請け』という形で損切りされたらしい。聖女の人員は近年明らかに減少しており、主に下請け作業をする孤児の引き取り人数が激減しているという。

——つまり、全部彼女ひとりに押し付けられていた、ということか。

それらをこなせてしまった彼女の有能さも、また罪だったのだろう。

その家畜よりも酷い扱いに、俺は思わず腹を押さえる。

「すまん……残りはあとで読む。俺の胃が耐えられそうにない」

「では、あとで煎じ薬と厚手のタオルを用意しておきましょう」

タオルは……涙なしには読めないということか？

予想できる凄惨さに「頼む」と応えてから、俺は大きくため息を吐いた。

「そりゃあ、十年間もこんな生活に耐えられた方が奇跡だろ」

しかもまだ十にも満たない子供が。いや、子供だからこそ劣悪な環境にも適応してしまったのかもしれないが。

それじゃあ、奇跡なんて使えなくなるわ。

むしろ数日ののんびりさせただけでここまで回復している方が奇跡だわ。

「少しは俺でも……彼女の役に立てたのかもな」

そもそも、これは一つの失言を誤魔化すための対策だったはずだ。

かえって悩みが増えたような気がするのは……まぁ、自業自得か。

身請けなど、貴族社会ではそれなりによくある話だと思っていたが……本当に、俺には向かない話だったと後悔していた。が、不幸な少女をこうして救い出せたのだとしたら、少しは俺の馬鹿な失言も救われるのかもしれない。

そう、ちっぽけな自尊心を満たしていると、セバスは「あぁ」と手を打つ。

「あ、そうそう。コレットから旦那様へ言付けがありました」

「コレットから?」

正直、嫌な予感しかしない。

だけど聞かないわけにもいかず、言葉の続きを待っていると。

「奥様のこと——名前で呼んであげてほしい、とのことです」

「は?」

やっぱり疑問符をあげることしかできない要求がやってきた。


どうやら、コレット曰く。

彼女の『自尊心』の低さは、自分を『役目』以外で認識していないからだという。

——そういうもんなのか?

俺はこれでも『次期公爵』で。嫡男とか、坊ちゃんとか、そういう『役目』ばかりで呼ばれてきた方だ。だから今でも『リュナン』と名前で呼んでくるのは——領地で暮らす両親と、腐れ縁のこの二人くらいなものだろう。

「ノイシャさん、元気になってよかったわね〜」

「おかげさまで」

今朝もニコニコと詰め寄ってくるラーナに対して、『仕事モード』の彼女はお行儀のよい愛想笑いを返していた。彼女なりに『奥さん』に慣れてきたのだろう。コレットが用意した家用ドレスを品よく着こなし、姿勢よく立っている。

そんな彼女は、やっぱりラーナのお気に入りらしい。

「そうだ！　だったら月末にでもうちに遊びにいらして？」

「えっ？」

思わず彼女が目を丸くすると、バルサが懐中時計を見ながら言ってくる。

「ラーナ、そろそろ出ないと時間が――」

「あ～もう、本当にあっという間なんだから～。でもいいわ。楽しみにしているからね！」

――そんな一方的な！

月末まではおよそ半月。

ラーナの家に遊びにいったら、彼女の労働時間が三分じゃ済まない。ずっとこの『仕事モード』とやらでいさせるには、いろいろと難しいだろう。また倒れさせるわけにもいかない。

だけど彼女は今日も「行ってらっしゃいませ！」と、頑張った様子で言ってくれるから。

その健気な言葉がやっぱり嬉しくて。頑張っているのが目に見えるからこそ、可愛くて。

彼女の『ぐーたらモード』や、不器用な『やっほい』姿がよぎるからこそ、

「行ってきます、ノイシャ」

コレットに言われるまでもなく。

俺は自然に、彼女の名前を口にしていた。

第二章　生まれて初めてのボーナスだ！

「ノイシャ……て、私のこと？」
「そうですよ、奥様」
とっくに馬車は出発したのに。仕事モードを解いても、ずっと見送ってしまう。
――名前で呼ばれた……。
たった、それだけのことなのに。
どうしてだろう。未だに胸がバクバクしている。
やっほい。やっほい。やっほい。やっほい。
一回言っても足りない。やっほいやっほい。ずっと言いたくなってしまう。
コレットさんに『ノイシャ様』と呼ばれた時も、じんわり嬉しかった。
だけど……今回は敬称も付いてなかったから？
ノイシャ。ノイシャ。本当に、本当の私の名前。私はノイシャ。
コレットさんも……お願いしたら呼び捨てにしてくれるのかな？

それとも、さっきは『奥さん』していた時だから。普段からそう対等に呼んでほしいなんて、コレットさんにも旦那様にも、本当ならおこがましいのかな？

――私も『奥さん』の時は旦那様のこと『リュナン』と呼ぶべき？

――明日までに確認しておかなくちゃ。

確認項目を頭の中にメモしていると、セバスさんが咳払いをする。

「もしお嫌でなければ……私も奥様のこと『ノイシャ様』と呼んでもよろしいですかな？」

「え、あ……もちろんですっ」

もちろん、セバスさんも私のぐーたら生活に欠かせない重要人物だもの。

私が頷くと、セバスさんが「ノイシャ様」と呼んでくる。それに「はい、ノイシャです」と応えると、セバスさんは私から顔を背けてゴホゴホとむせてしまっていた。……やっぱり何かおかしかったのかな？

それでも、屋敷の中に戻る途中で、

「ノイシャ……ノイシャ……」

くふふと笑いながら、思わず自分でも呟いてしまっていると。

「最後に、旦那様に挨拶すらさせてもらえないなんて……」

あんまりですわ〜と、高らかに嘆く声が階段の上から降ってきた。メイド服ではない、高級そうなドレスに身を包むマチルダさんたちだ。その手には大きなカバンも持っている。

――今日でお別れか……。

昨晩のうちに、旦那様が三人に解雇を言い渡したことを聞かされていた。なんともお仕事が早い
……そんなマチルダさんが私と目が合うやいなや、声高に言ってくる。

「ノイシャ＝アードラ！　わたくしはあなたのことなんて認めませんからね!!」

「はい、私はノイシャです！」

勢いでそう答えると、マチルダさんは「きぃ！」とハンカチを噛み締めてしまった。

……あれ？　なんか私、また間違えた？

それに、セバスさんは苦笑を隠さない。

「正確に言えば、もうノイシャ＝レッドラ公爵夫人ですがね」

「ふんっ！」

そして、屋敷から出ていくマチルダさんたち。最後まで靡いていたスカートの裾が綺麗だった。

歩き方が綺麗なんだろうなぁ。思い返せば、どんな時でもずっと背筋を伸ばして、マチルダさんは綺麗だったと思う。

私はふと、飾りとして掛けられているだろう豪奢な姿見に映る自分を見てみる。

小さい。背中が丸まっているから、余計に小さく見えるのかな？

マチルダさんのように背筋を伸ばして――首も伸ばしてみた時だった。

「祝杯だあああああああ！」

――パンッ！

どこからともなく現れたコレットさんが掲げた瓶から何かを飛ばしていた。その瓶からは泡がしゅわしゅわと零れている。私は思わず駆け寄って、その泡を押さえた。

「わわ、こぼれる、こぼれる……」

「あはは～。いいんですよぉ、どうせわたしが自分で掃除するんですからぁ」

「ただでさえ個人の仕事量が増えたのに、自ら増やしてどうするんだか」

呆れたセバスさんが「お洋服が汚れてしまいます」と私を背中から持ち上げて、コレットさんから離す。わっ、ふわっと浮いた。セバスさん力持ち！

「くふふ」

「あ、すみませんノイシャ様。つぃ――」

「抱っこ、はじめてされました！」

教会に礼拝に来ていた元気な子供が、よく親にこんな感じで抱っこされていた。親がいない私はとても羨ましくて。その夢が叶ったぞ、やっほい！　と喜んでいたら、セバスさんが私を下ろしてしまう。……やっぱり重たかったのかな？

「ごめんなさい、調子に乗って――」

慌てて振り返れば、セバスさんが目じりを拭っていた。

「いえ、こちらこそすみません。旦那様にもっと言っておくので」

けていた。

──何を言っておくの？

だけどそんな疑問符を投げかける間もなく、コレットさんはセバスさんにウリウリと肩を押しつけていた。

「ねぇねぇ、もうノイシャ様を父さんの養女にしない？　わたしの妹。最高でしょ？」

「こんな可愛い娘が出来たら死んでもいいが……そうはいかんだろうが」

「でも、あの堅物にノイシャ様を任せるの、すっご〜くコレットちゃんはしんぱい〜」

「これ、もう余計な者がいなくなったとはいえ、あまり口が過ぎると──」

「でもさ〜、さっき聞いてたけど。どーすんのさ、月末のトレイル家の訪問！」

トレイル家とは、ラーナ様とバルサ様の家名である。

そういえば私、さっきラーナ様に『遊びに来て』と言われたな？

遊びに？　遊びに行くって……なに？

私がぼんやり考えていると、セバスさんとコレットさんが揃って私を見つめてくる。

「ノイシャ様……もしかして、さっきラーナ様からご招待受けてたこと、わかってない……？」

「あの……ご招待って、だれかがどこかに来てくださいっていうことですかね？」

「そーですよ！　ノイシャ様が、ラーナ様たちの屋敷に招かれたんですっ！」

「おやあ……」

私が、ラーナ様のお家に行くの？

ラーナ様のご自宅……あんな綺麗な人のお家なんてすごく気になるけど、でもお家に行って主人《ラーナ様》に会わないなんてことは無茶だろう。

つまり、私は『仕事モード』で行くことになる?

「あの……それって三分で終わるご用件なのでしょうか?」

「ぜったいに終わらないと思います!」

「じゃあ、残業ですね……」

私は契約書の新しい項目を思い出す。

甲の一日の労働時間は三分厳守。ただし如何なる理由であろうとも、それより超過した場合は乙よりボーナスが支給される。ボーナスは甲の希望によって決定し、乙がその対価に見合うと認めるならば、必ず支払うものとする。

それに、私はやっほいと両手を上げた。

「ボーナスだっ!」

「それで、欲しいものがあると?」

「はい、お洋服が欲しいです!」

夜の談話室。対面に並べられたソファに座って、私はボーナス内容を告げた。

それに、旦那様だけじゃない。私たちの後ろに控えているセバスさんもコレットさんも、少し驚いた様子。少ししてから、旦那様が口を開く。

「……コレットの用意した服が好みに合わないなら、自由に買い替えてくれて構わないぞ。それはボーナス関係なしに初期からの契約内容である『衣食住の保証』に含まれている案件だから、特に今回の事案は気にしないでもらいたい」

コレットさんの用意してくれるドレスは全部素敵。素敵すぎて萎縮しちゃうくらい。

でもそんな勘違いされちゃうのは悲しくて。申し訳なくて。私はちょっとしょんぼりする。

「ちょっと、特別なものを作りたくて……」

「ドレスが欲しいのか?」

その問いかけに一度頷いてから、私はその正式名称を述べた。

「はい、ジャージというドレスです!」

私がぐーたら時間内に描いた図面をローテーブルに置くと、三人が一斉にテーブルを覗き込んでくる。そして、彼らは同じことを口にした。

『なんだこれ?』

ジャージとは。

教会で書庫の整理をしていた時に見つけた古い本に載っていた布の素材である。

基本的な編み方はニットと同様。メリヤス編みという表面と裏面で交互に編んでいく構造上、布に伸縮性ができるという。ニットは大抵羊毛などで編まれるが、そこをさらに細く、伸縮性の高い糸できめ細かく編んでいくことにより、どのように動いてもまるで服を着ていないかのような、極上の着心地を体感できる洋服ができるらしい。

その古文書――一般では『禁書』と呼ばれているもの――は、創世記時代にこの世界の文明レベルを向上させたという異世界人が記した書物だったけど……司教様に複写しろと命じられたから、毎日深夜にコツコツ書き写していたの。古代語なんて始めはただの絵と記号としか思えなかったんだけど、毎日複写していたら、次第に規則などがわかるようになって。いつしか、私はその書物の内容がわかるようになっていた。

複写したものが、何に使われていたのか私は知らないけど。

その中に記してあった遺物の中で、特に憧れていたドレスがこれ、ジャージなのだ!!

「いや、どんなものかは何となくわかったが……ドレスが伸び縮みするのか？」

「貴族の皆さんが着ている服のことを『ドレス』というんじゃないのですか？」

旦那様からの問いかけに疑問符を返せば、旦那様は「うーん」と頭を抱えてしまう。

そしてしばらく考えてから、青い瞳だけ上げてきた。

「使用用途を尋ねたい。このドレスを、どんな時に着たい？」

「寝る時に着用したいです。極上の着心地ということなので、きっと極楽のぐーたらが味わえると思うんです!!」

「なるほど。わかった。きみの願望に一縷の歪みもないことがわかった」

……なんでだろう。わかってもらえたのに、なぜか釈然としない。

だけど旦那様は再び「なるほどな」と顎を撫でてから図面を手にする。

「コレット。パジャマを一着つくるとして、必要分の布を織るために、糸はどのくらいの長さが必要になる？」

「セーターが毛糸十個分でおよそ六百メーター。それを上下と換算して千二百。でも細い糸となると……糸の太さ自体が三分の一以下になるのでしょうか。だとすれば、千二百を三倍にして――」

計算しながら話すコレットさんの言葉を、旦那様は「ありがとう」と打ち切る。

そこで再び、旦那様は対面に座る私に視線を向けてきた。

「というわけだ。このきみが要望する『伸縮性の高い糸』というのが、そもそもかなりの希少性だろう。偏見もあって申し訳ないが、きみが製糸組合などに伝手があるようにも思えないし、残念ながらレッド《う》ドラ家《ち》もその手の組合とは縁がない。豪商でもあるバルサの生家に頼んだとしても……誠に申し訳ないが、それほどの量の糸を用意してあげることは――」

「あ、大丈夫です。十センチくらい糸があれば、あとは私が複製できます」

「複製？」

旦那様がこれでもかと眉根を寄せている。何かいいものはないかな～と見つけたのは、テーブルの上に置かれたシュガーポット。それを「少々借りますね」と手元に引き寄せて、蓋を開ければ四角いお砂糖が五個くらい入っている。

私はその上で、指を躍らせた。黄金のマナで描く式は、もちろん複製。

その式を一つ描き終わると、お砂糖がポコンと一つ増える。

さらにもう一つ描き終わると、お砂糖がポコンと一つ増える。

調子に乗って複雑化した式を描けば、お砂糖がポコポコポコと増えて。

旦那様に「待てーい！」と声をかけられた時には、角砂糖がポットから溢れていた。

私が「はい、待ちます」と両手を膝の上に戻せば、旦那様含めた三人が再びテーブルを覗き込むようにして、目を丸くしている。

「これも……奇跡か？」

「禁書に載っていた式なので、規則的に教会に居た頃は使えませんでしたけど……マナの消費量はさして多くありませんし、この程度なら体調にも何も支障がありません」

実際に今も身体が怠《だる》いとかもないし、ふらふらもしない。なんだったら、あと百個くらいお砂糖を量産することだってできそう！

それが伝わったのか、旦那様が「なるほど」と頷いてくれる。

「それなら了承した。すぐに国一番のデザイナーを手配してみよう。だけど……話していて少々気になったのだが」

「なんですか？」

「きみは今、元気そうだな？」

「？」

どういうことだろう？　わからず首を傾げると、旦那様が頬を掻く。

「いや……もう会話をし始めて三分以上経つだろう。話し方もその『仕事モード』とやらと同じように流暢だし、疲れないのかと……」

「あー、言われてみれば」

そういえば、私けっこうお喋りできているような気がする。気持ちが高揚して全然気づいていなかったな。

「私、今やっほいなので！」

「……楽しいということか？」

「たぶん？　ずっと夢見てたジャージが着られるかもしれないって、ワクワクしてます！」

思っているままに伝えると、旦那様が破顔する。

「そうか、それなら良かった」

その時、スッと旦那様の後ろに立ったコレットさんが、旦那様の頭を肘で小突いていた。何気ない様子だけど……旦那様は顔をしかめて「なんだよ」と視線を上げる。するとコレットさんはスンと澄ましたまま、一言だけ告げた。

「名前」

「……」

「ノイシャ様。名前」

あ、なんか呼ばれた。だから私が「はい、ノイシャです」と応えたら、コレットさんが「もうちょっと待っててくださいね～」と笑顔を向けてくる。直後に旦那様を見下ろす視線がちょっと怖い。

すると、旦那様はわざとらしく咳払いして――私のことを見やった。

「俺も今後……仕事以外の場所でも、きみのことを『ノイシャ』と呼んでもよいだろうか？」

「あ、はい。嬉しいです」

「敬称はいるか？」

「ない方が心がやっほいします」

「それなら良かった。なら、ノイシャは俺のことをなんて呼びたい？　勿論、仕事以外の時だ」

「……」

――それ、私が決めていいことなのかな？

セバスさんに助けを求めれば、優しい笑みを浮かべながら頷いてくれる。

あ、いいんだ？　私が決めていいんだ？

嬉しい。私が、何かを自分で決められることが嬉しい。

だけど同時に、ちょっぴり難しい。

私が一生懸命頭を悩ませていると、旦那様が小さく噴き出すように笑った。

「ゆっくり決めてくれて構わない。今日明日で終わる付き合いじゃないからな」

そして旦那様はコレットさんにまた紙とペンを用意させる。また契約書に追記するのだろう。

私は一連の流れに、目を瞠《みは》ることしかできなかった。

今日、明日で終わらない付き合い……。

だったら、この付き合いはいつまで続くのだろう。

私は部屋に戻ってから、契約書を確認した。

何度書類を読み返しても、終了期間に関する記述はない。


寝る前に、セバスから一日の報告を受けるのが日課だ。

それと同時に、俺が愚痴をこぼすのも。

「今日もとんでもない事案が発覚した気がするんだが」

「ジャージという素材はとても興味あります。この老体にも着こなせるでしょうか」

「着たいのか？」

セバスには生まれた頃から世話になっている。特上の寝間着の一枚や二枚など、喜んでプレゼントさせてもらうが――それどころじゃない。

「彼女、禁書を読んでいたと言ってなかったか？」

「禁じられた奇跡を使いこなしてましたね」

「禁書の複写もさせられていたと言っていた気がする」

「禁書はその名の通り公にできない書物であり、教会に管理が一任されていたものだとはいえ……すべて国家遺産でもありますからね。それを無断で複写したとあらば……その複写本はどこに行ったんでしょうな？」

　禁書に記されている奇跡は、かつての偉人たちが人の身で扱うには度が過ぎるということで使用を禁じた式のこと。奇跡は神が人に与えた力であるとされているから、その管理は聖女の活動・支援と共に教会が請け負っているはずなんだが……どうやら今の司教は少々独裁が過ぎているらしい。

　少なくとも、俺は城から禁書の複写指示が出されたなんて話は聞いたことがない。

――そういや先日処理した盗難書類の中に、それらしき物があったような……。

　ふと団長に押し付けられた仕事内容が頭をよぎるも、目先の可能性の方がとにかく悩ましい。

「その罪が公になった場合、彼女ひとりに押し付けられる可能性があるのは気のせいか？」

「司教、我が天使を罪人にしようとは……万死に値しますな」

「闇討ちはまだやめとけ。証拠が足りん」

「おや、コレットはすでに準備を進めていたと思いますが？」

「あいつッッッッ！」

気持ちはわかる！　気持ちはわかるが、気が早い!!

コレットの無茶を止めようとすぐさま席を立つも、セバスが笑いながら引き留めてくる。

「さすがに冗談ですよ。でも——安心しました。坊ちゃんが『ノイシャ様を追い出そう』などと言い出さないで」

——こいつ、俺を試したのか。

俺は椅子に腰を下ろして嘆息する。

「……言い出して欲しかったか？」

「いえ？　そんなこと仰ろうものなら、今ここで謀反を起こしてましたね。私が」

「あぁ、良かったよ。『鮮血の死神騎士《ブラッド・ネクロマンサー》』が目覚めないで」

「はっはっは。懐かしい悪名ですな——足が治ったので、少々自分を試してみたかったのですがね」

とセバスは笑っているが……こちらは笑えない。

俺がまだ生まれる前の話だが、『鮮血の死神騎士《ブラッド・ネクロマンサー》』は戦場で恐れられていた称号だったという。その騎士が通り過ぎた後には、喉元から鮮血を吹き出す兵士らが魑魅魍魎《ちみもうりょう》と化していたらしい。あまりに鮮やかな手並みのため、斬られた相手も自分が死んだことになかなか気づかず、しばらくその場を歩き回るのだそうだ。

常に前線に駆り出され、無茶な戦いを強いられて片足を失くすまで――その異名を背負っていた男は、使えなくなったとわかるやいなや、即座に団を追われたらしい。戦争が終わったのは、それからわずか一月後のこと。今や英雄と称えられている伯爵は、そんな男の腹心だったという。片足を失くした時、何があったか――セバスは頑なに語ろうとしないけど。今は俺の横で、平然と〝執事らしく〟俺に助言を呈してくる。

「このまま知らなかったことにしますか？　正直、それが一番レッドラ家にとっては安牌でしょう。下手な正義感で事を荒立てるほど……あなたはもう幼くないはずです」

つまりセバスも俺と同意見なわけだ。まだ静観していろと。それなのに――わざわざこう釘を刺してくるということは……まぁ、考えるのは今はやめておこう。

俺は、彼女に深入りなどしてはならないのだから。

「それはそうと、教会は彼女が『禁じられた奇跡』を使えること、知ってると思うか？」

「知っていたら、あんな常識的な値段で身請けなどに出さないでしょう」

「バルサ曰く、かなりの高値だったらしいぞ？」

「でもあなたの勉強代の範疇で『神』が買えるとでも？」

禁じられた奇跡を使える者――彼女は大したことないと言っていたが、それが記された書物が無くなった今、それを扱える者。それこそ『生ける神』と祀られてもおかしくない。

俺は、そんな少女を買ってしまった。

「……本来なら、すぐ父上に相談する案件だな」

「ええ。そして国王陛下に直訴してもらい、教会の弾圧。そして坊ちゃんは『一時保護した』という体になり、ノイシャ様の身元は『城』に引き渡されるかと」

「そうしたら……王太子殿下と結婚か」

「ちょうど、というのは失言になるかもしれませんが、婚約者の方が去年病で亡くなってますからね。そろそろ喪が明ける頃でしたかと」

「次期王妃か……あのやっほい娘が？」

俺が苦笑を漏らせば、セバスは形だけの苦言を呈す。

「旦那様、ご自身の妻に『娘』とは失礼ですよ」

「ぐーたら生活は、ずいぶん遠のくだろうなぁ」

それを左から右に流して。

俺は『ジャージ』とやらの特性を語る、目をキラキラさせていた彼女を思い出す。

難しいことを話しているのに、とてもイキイキとしていた。

ひと房を残して、髪が真っ白になるまで働かされてきた少女が。

成長期にまともに食べさせてすらもらえなかった少女が。

「気分次第で体調が変化するとか、都合良すぎだろ」

それでも年頃の遊びやおしゃれもしたことがなく、懸命に自分の気持ちを伝えてこようとしている少女が、ようやく自分らの前で、日々を『やっほい』と楽しめているのなら――

「――決めた」

彼女のささやかすぎる夢を、いつまで叶えてあげられるかわからない。

だけど、泡沫の夢で終わってしまったとしても――不器用に笑う彼女を、俺はまだまだ見ていたいから。それを、『身請けした責任』という理由に押し込めて。

俺はセバスに命じる。

「父上への報告は少しだけ見送る。それまで……俺らは全力で彼女のぐーたら生活の援助をしよう。コレットにもその旨をしっかりと伝えておくように」

「すべては主の思うままに」

そして、セバスは俺に最敬礼をする。


「この糸で……ですか？」

「はいっ！　自信作なのですが、どう……ですか？」

どうやら旦那様やコレットさんたちと毎日少しずつ会議を進めた結果、求めている糸はやはり手配に色々問題があるようなので。

ぐーたら時間に自作してみました！　メインはコットン。それにさらに油脂で細かい繊維を奇跡で生成して、手でコネコネしていたら――糸紡ぎ機、というのがあるんだね。コレットさんに教わりながらくるくるするの、難しかったけど楽しかったの。やっほい！

ある程度紡げたら、あとは簡単。複製の式でちょいちょいちょいっと。

さすがに気合を入れすぎて、意識のないまま夜になっていた。帰宅した旦那様にまた「ど阿呆」と怒られたけど……それでも鞭打ちされなかったから問題なし。そのあとのお夕飯はお肉と穀物の入った具沢山の赤いスープ。異国の料理だったらしいけど、すっごく元気の出る味で美味しかった！

そんな翌日。旦那様が呼んでくれたデザイナーさんとやらに、お手製の糸を見せたら。

デザイナーさんは糸を伸ばしたりしながら、日をまん丸にしていた。

「……面白いですね。ぜひとも私どもにお任せください！　だけど……肝心の服のデザインは、本当に紳士用のパジャマでよろしいんですか？」

「はい、それがいちばん『ぐーたら』しやすいだろう、とのことなので」

私が注文しやすいように、あらかじめ旦那様が話を通しておいてくれたらしい。

旦那様いわく、ぐーたらするにはズボンスタイルが一番なんだって。あのラーナ様も、勤務時間外ではズボンなことを生かして、とてもぐーたらしているみたい。

ラーナ様がぐーたらの先輩……。

ますます、ラーナ様のご自宅に行くのが楽しみになってきた！　やっほい！

帰るデザイナーさんの背中を見送ってから。私はソファの背もたれに背中を預けた。

「ふう」

「お疲れですか？　ノイシャ様」

「ふひひ、少しだけ……でもやっほいなので、大丈夫です」

「それなら、もっと『やっほい』なもので休憩してみませんか？」

――もっと、やっほいだと……!?

何度も何度も首を縦に振れば、苦笑したコレットさんが「では用意してきますね」と部屋を離れる。どきどき。わくわく。やっほい……やっほいで休憩ってなんだろう？

しばらく待っていると、コレットさんが「失礼します」と運んできたのは――

「氷菓子……ですか？」

「はい！　最近はやっているようなので、シェフに作ってもらいました。今どきはアイスっていうらしいですよ」

「あいす……」

白くて丸いのと、ピンクで丸いの。

どきどきしながら「いただきます」とスプーンですくえば、断面がにゅるっと溶けたみたいになった。そのまま口の中に運ぶと、ひんやりして。あっという間に口の中からなくなって。だけどしっかり甘くて。ミルクのコクがいっぱいで。鼻から美味しい匂いが通り抜けて――とにかくやっほ――いっ!!

「コレットさん！　これ！　美味しい！　すっごく！　やっほい！」

「ふふっ。わたしの分も貰ってきちゃったんですよね～。一緒に食べてもいいですか？」

「もちろんですっ！」

「わぁーい」

するとコレットさんが私と同じソファに座ってくる。ちょっと狭い。緑のツインテールの先が私の頭をくすぐっているけど、全然嫌じゃない。

「ピンクの方はですね、苺を混ぜてもらったんですよ」

「なるほど！」

私も食べてみれば、こっちも甘いけど、少し酸っぱい。甘酸っぱいっていうのが……こういうことなのかな？　酸っぱいといっても、野生している小さな実ほどじゃないんだけど。それでも甘いだけじゃない、口の奥にわずかに残る刺激に感動しながら。

私はスプーンを容器に置いて、コレットさんを見る。

すると、コレットさんはスプーンを半分咥えながら小首を傾げてくれた。

「どうしましたか？」

「あの……前々から気になっていたのですが」

「はい、なんでもどうぞ？」

「いつも私のご飯作ってくれるひと、誰なんですか？」

たしか、料理人さんがいるって言っていた気がするけど。

このお屋敷に置いてもらうようになって、二週間。毎日美味しいごはんは頂戴するけど、その人に会ったことがない。最初の案内の時も厨房の中には入らなかったし。だけど、コレットさんらの話だと、たしかに料理人がいるって話だったと思うんだけど……。

するとコレットさんは何の気なしに提案してくる。

「会いに行きますか？」


「……うす」

厨房に居たのは、とっってても大きなひとでした！

大柄な旦那様よりも、もっと大きい！　あれです、一度司教様の命令で秘薬の素になる花を取りに行った時に出会ったクマという動物に似てます。目が小さくて、手や足が大きくて。

そんなクマさんの名前は、ヤマグチさんというらしい。

「いやあ、料理の腕と知識は確かなんですけどね。ヤマグチさん、とっても人見知りで。何度ノイシャ様にご挨拶しようと誘っても、頑なに厨房から出ないんですもん。寝る場所も倉庫なんですよ、こーんなに部屋が有り余ってるのに！」

「……うす」

口を尖らせるように教えてくれるコレットさんをよそに、高いところから私を見下ろすヤマグチさんは頷くだけだった。

「現役時代の父さんの後輩……て話なんですけど、それ以外私もなーんも知らないんですよね。なんたって『……うす』以外なんにも話してくれないんですもん」

「……うす」

「でも、ヤマグチさんのご飯にハズレないんで！　わたしはヤマグチさんに胃袋摑まれているといっても過言じゃないくらい、もうヤマグチさんのご飯以外食べる気がしないんで！　良い人なのは間違いないと思うんで、ノイシャ様も仲良くしてあげてくださいね」

私をジッと見下ろすヤマグチさん、ちょっぴり顔が赤くなっている。

それでもやっぱり、口にするのは「……うす」だけだから。

私はペコリと頭を下げた。

「あ、はい……よろしくお願いします」

「……うす」

そんな時、外からザァーと音がし始める。

「え、ちょっと、雨!?」

どうやら通り雨みたい。お空は青い。だけど雨の勢いはけっこう激しくて。

「ちょっと、わたしのお洗濯もの～!!」

コレットさんが慌てて厨房を飛び出していく。どうしようかな、奇跡で雨を止ませることもできるけど……でもここまで降っちゃうと、今更かな？　けっこうマナの消費も激しいから、旦那様にまだ『ど阿呆』言われちゃうかもだし。鞭で打たれるわけじゃないから、嫌じゃないんだけどね。でも旦那様は言いたくて言っているわけじゃなさそうだから。言われない方がいいんだろうな。

でもとりあえず、結果として。

今は私、ヤマグチさんと二人っきり。

コレットさんを見送ってから、またジッと私を見下ろすヤマグチさん。

身体は大きいけれど、つぶらな瞳が可愛いから。

私はがんばってお礼を言う。

「あ、あの……アイス、とても美味しかったです」

「……うす」

「コレットさんと一緒に食べたんです。とろっとひんやりとろけました！　あんなの、どーやって作るんですか？」

そのままの勢いで気になったことを聞いてみれば、ヤマグチさんが動き出した。

用意するのは、銀色のボウルと、たくさんの氷。そしてミルクにお砂糖とお塩……？

どうやら、目の前で作ってくれるらしい。

「まず、ミルクと生クリームを混ぜます」

──喋った!?

ヤマグチさんが普通に話し出したことに、思わず目を見開いてしまう。

すると、ヤマグチさんがペコリと頭を下げてきた。

「すんません。コレットさんの前だと……上手く話せなくて」

──どうしてだろう?

コレットさんはとてもいい人。すごく気さくで、誰とだって仲良くなれそうなのに……でもマチルダさんらは例外だったな。

だから、思わず訊いてしまう。

「コレットさんのこと、嫌いですか?」

「まさか!?」

わっ、大きな声……。

肩を竦めると、再びヤマグチさんがペコリと頭を下げてきた。そして、「あの……あの……」と目をキョロキョロさせながら、「砂糖を入れます」とお砂糖の計量を始める。アイス作りに戻るみたい。

サラサラ~。ピタ。出したお砂糖を戻すことなく、ピッタリと区切りの良い数字に合わせたヤマグチさんは、それをミルクなどが入ったボウルの中に入れた。

そして少し悩んでから、私に訊いてくる。

「奥様、お腹の調子はどうですか？」

「あ、ふつうです」

「なら、今度は卵を入れてみましょう」

そして保存庫から卵を取り出して、片手でトントン。そのまま片手でパカッ。

すごい、カッコいい！

思わず見入っていると、ヤマグチさんが私を見て一瞬手を止めた。なんだろう？　顔を見上げると、顔を逸らされてしまう。だけどすぐに「混ぜます」とシャカシャカ泡だて器で混ぜだした。そして、すぐに次の工程に入る。

「こっちのボウルの氷に、塩をかけます」

氷はミルクのボウルより、二回りくらい大きなボウルに入っている。

そこに、どば――っと。

お砂糖と打って変わって、本当にどばー。

そ、そんなにかけたら、しょっぱくなっちゃう!?　と一人であわあわしていると、ヤマグチさんは淡々と「それで、こっちのボウルを重ねて冷やします」とミルクなどが入ったボウルを中に入れる。あ、アイスの素と混ぜないんだ？

そして、

「あとは混ぜるだけです」

とシャカシャカ混ぜだした。大きな手なのに、その動きはとてもなめらか。だけどとっても速い。シャカシャカ。シャカシャカ。シャカシャカシャカシャカシャカシャカ……。

「あ、またアイス作ってくれてるんですか？」

いつしかコレットさんが戻ってきた。びしょ濡れだっただろうに、服は乾いたものを着ている。着替えてきたのだろう。

「……うす」

それでも、ヤマグチさんはまだまだシャカシャカしていた。たまに氷と塩をまわりに足しながら、シャカシャカシャカシャカ。あとどのくらいの時間シャカシャカするんだろう……？　ボウルの中を覗き込めば、ミルクがトロッとし始めている。

思わず訊いてみる。

「どのくらいでアイスになるんですか？」

「あと十分くらい……」

「そんなに!?」

コレットさんをチラッと見てから、小さな声で教えてくれる。

「混ぜて作る方が、くちどけがいいので」

わっ、わっ、そんなに大変な作業を私は頼んじゃったの!?

大変だ！　計三十分くらい？　シャカシャカは大変だ!!

「混ぜて冷やせばいいんですよね!?」

私は慌ててまわりを見渡す。さっき卵を取り出していた保存庫。ちょっと覗かせてもらったら、少しひんやりした空気が流れていた。窓がないから、外からの光が入ってこないのかな？　ずっと日陰だから涼しいみたい。だったら、ここを――

私は大きめの式を二つ描く。ひとつは冷気を生み出す式。もう一つは倉庫内をぐるりと回る風を生む式。手早く準備してから、私は元の場所に戻る。そしてヤマグチさんがシャカシャカ続けているボウルを持った。

「ちょっと運びます」

「あ、おれが……」

結局ヤマグチさんが運んでくれた。

倉庫の真ん中に置いてもらうと、倉庫内が冷気でひんやり。しかも渦の真ん中だから、アイスの素もボウルの中でグルグル。

「あ、この倉庫内に冷えちゃいけないもの、ありますか？」

「短時間なら問題ないです。長時間なら結構あります」

「わかりました。では、今後はもっと狭い場所で保冷庫作りましょう。そうしたら、いつでもラクにアイスを――」

――食べられます。

と、脳内でぐーたらにアイスが追加された超幸せぐーたらを想像し始めた時だった。

「ノ・イ・シャ・様♡」

イントネーションが、なぜか怖い。

私が顔をひきつらせると、コレットさんの笑みがますます深まる。

「奇跡、また使ったんですか?」

「あ、でも私……元気ですよ……?」

「また旦那様に『ど阿呆』言われたいので?」

「で、でも、コレットさんもアイス……好きですよね?」

「そりゃあ大好きですが?」

「私、もっとコレットさんと……アイス食べたい……」

もじもじと、そう告げると。

コレットさんが私をぎゅーっと抱きしめてくる。わわ、少し甘くて、いい匂い。

「も～しょうがないなぁ。疲れたらちゃんと言うんですよ?」

「……うす」

なんだか居たたまれなくて、ヤマグチさんの真似をして答えてみた。真似したい気分になったの。

ヤマグチさんも、いつもこんな気分なのかな?

そうしたら、コレットさんに「それは真似しちゃだめ！」と怒られた。だけどそのあと、ヤマグチさんも入れた三人で、アイス専用の保冷庫開発で保存庫内に留まっていたら――

「とっくに夜中だが、おまえたちは何をしているんだ!?」

帰宅した旦那様に、三人纏めて「ど阿呆」と怒られた。

だけどやっぱり怖くなかったし、ヤマグチさんが慌てて作ってくれた夕ご飯のチャーハンって異国のパラパラ卵ごはんが、とても美味しかったから。

今日も、とても幸せな一日だったの。


「頼む！　この書類を手伝ってくれ!!」

「手伝えって……俺は財務担当じゃないんだが？」

久々にバルサが俺の執務室にやってきたかと思えば、大量の書類と共に頭を下げてきた。

俺はこれでも騎士団所属だ。副団長という中途半端な立場ゆえ、今晩もずっと書類仕事をしていたのだが……ようやく終わりが見えてきたというのに、他部署の仕事を手伝えだと？

「でも今やっているの、総務部の書類じゃない？　なんでリュナンがやってるの？」

「団長が引き受けてきちまったんだよ。どうせ自分でやるわけじゃないのに……」

「だったら、こっちのもついでに――」

「俺は明日久しぶりの休暇なんだ！　今日のうちに帰って、三週間ぶりの休みを満喫したい！」

そして週に二日はきっちりと休んでいる団長は、今日も当然定時で帰宅している。今日は奥さんと初めて手を繋いだ記念日なんだそうだ。余談だが、こないだ五人目のお子さんが生まれたらしい。

ちなみにもう屋敷では、彼女が晩飯を終えて、風呂にでも入っている頃だ。

毎朝無駄に「ノイシャ様の今晩の入浴剤は何がいいですか？」と訊いてくるコレットが鬱陶しい。

……と、そんな愚痴はともかく。

俺はため息を吐く。

「まったく、俺が過労死したらどう責任を取ってくれるんだ？」

「そんな意地悪言わないでくれよ～。僕ももう三日家に帰れてないんだよ～。リュナンは僕なんかよりずっと体力あるだろう？」

「そりゃあな……」

ずっと顔の前で両手を合わせて拝んでくる幼馴染。彼はすでに青白い顔をしており、目の下には深いくまが刻まれている。

そんな幼馴染に懇願されて揺れ動かないほど、残念ながら薄情ではない。だから薄目で、バルサがえっちらおっちら運んできた書類を捲るが……俺は思いっきり眉根を寄せるはめになった。

「てか、なんだこの援助項目は。全部教会からじゃないか」

「そうなんだよ。最近教会からの援助の申し入れがすんごく増えてさ～。しかも、全部公共事業絡みだから、ほっとくわけにもいかないだろう？　だから急遽予算を分けているんだけど、どんどん増えていくばかりでさ～」

そんな愚痴を聞きながら、詳細を見てみる。バルサの言うことは本当に過剰でもなんでもないらしく、すべて上下水道の整備についてだった。

ここ五年、この国の水回り環境が格段に向上していた。教会のとある聖女が汚水の処理設備や浄化した水の供給設備の開発に成功したのだ。その聖女と国の技術者たちが王都周辺の大改革を行った結果、王都周りは貴族のみならず、民家でも水道を捻れば綺麗な水が飲め、風呂にも毎日入れるような生活になったのだ。

当然、国から教会への報奨金は多額に支払われた。そしてその供給、整備も教会に一任され、定期的に国から教会へ、元の聖女運営資金とは別に、公共事業援助金が支払われるようになったという。

しかしどうやら、最近はその修繕整備が滞っているため、より多くの聖女や技術者を派遣するために援助金の要請が多発しているらしい。

「不正だろ、こんなの」

俺は一言で吐き捨てるが、バルサは残念そうに肩を竦めた。

「それがさ～、そうでもないいんだよ」

もちろん、こんないきなりの援助要請など一番に疑って調べたんだそうだ。だけど、財務担当総員で調査に当たってもおかしい点はゼロ。実際に援助を断った翌日に一部地区の下水道が氾濫したとして、余計に被害を抑えるための人件費等がかかったらしい。

「いつからなんだ？」

「少しずつ増えていってるんだけど……だいたい一か月くらい前から――リュナンが結婚した時くらいだよ」

その発言に、鼓動が痛いくらい大きく打つ。

だけど俺の推察など知らず、バルサは言葉を続けた。

「家に帰ったらさぁ、ノイシャさんにも聞いてみてもらえないかなぁ？　教会で最近変わったことなかったかって。こう……聖女ボイコットがあったとか、有能な聖女がやめちゃったとか」

「有能な聖女って……」

――ノイシャのこと、か？

上下水道を開発した聖女が、彼女だとしたら。教会の事業が滞り始めた理由も納得がいく。彼女の力がどんどん弱まったことにより、整備などにも影響が出て、そして身売りされたことにより、彼女と同レベルに管理できる者がいなくなったということだろう。

禁じられた奇跡を扱える聖女なら、生活レベルを格段に上げた大開発をしたって、そうおかしな話ではない……と思う。

――だけど、ノイシャひとりでそんな……。

――それに開発された当時、彼女はまだ十三歳だったはずだ。

貴族だったら、まだ社交界デビューもしない時期。そんな子供が、世紀の大開発をしたというのか？　そして、その整備をずっとひとりで背負っていたのか？

ひとりで請け負っていたのなら、あの過労度も納得だ。不眠不休で働き通しでもおかしくない。

そのため『働く』という行為に拒絶反応が出ても仕方ないだろう。

そんな可能性に思い至ってしまった俺は、それを確かめずにはいられない。

「……悪いが、自分の仕事が終わったら帰らせてもらうよ」

「そんな～!?」

「その代わり、ノイシャに教会のこと訊いてきてやる」

俺は今請け負ってしまっていた書類を早急に片付けるべく、再びペンをとると。

バルサは落ち着いた声音で告げてきた。

「僕から聞いておいてアレだけど、無理しなくていいからね」

「どういうことだ？」

「リュナンは新婚だし……少し特殊な結婚したんだから。奥さんの悲しい思い出を抉るような真似、しなくていいから」

「おまえは俺を何だと思ってるんだ……」

思わず、俺は再び顔を上げる。バルサの表情は真剣そのものだった。

「でも、リュナン口下手じゃん。正直、まだそんなにノイシャさんと仲良くなれてないでしょ？　距離感は大事だよ。今はノイシャさんと仲良くなることを優先した方がいい」

——おまえにだけは言われたくなかったよ。

自分がずっと焦がれていた相手《ラーナ》と結婚したおまえにだけは。

そんな醜い感情を、俺は軽口と共に吐き捨てる。

「おまえは国政と俺の家庭、どっちが大事なんだ？」

「ん～。正直リュナンんち、かな？」

その優しさが、とても苦しい。

それでも……今も昔も、俺はおまえと友達なんだ。

「負い目なんか感じてるなよ。俺は単純に、おまえに負けただけなんだから」

「違うでしょ。リュナンは初めから、勝負の土俵に上がろうとしなかったんだよ」

「なっ!?」

いつになく厳しい指摘に言葉を詰まらせれば、バルサが目を細める。

「じゃあ、勝者からアドバイス」

だけどやっぱり、その助言は俺にとって手厳しいものだった。

「聞き取りしてくれるなら、せめてデートでもしながら何気な～く聞いてきて。それで答えづらそうにしてたり、はぐらかされたなら深追いしないこと。真面目なだけが、女の子のためになるわけじゃないんだから」

そしてバルサは持ってきた書類を再び抱えて、部屋から出ていく。


俺は扉がしまってから気が付いた。

俺が今処理していた総務部の書類も、バルサが持って行ってくれたことに。


——さぁ、朝ごはんを食べたら、今日も三分働くぞ!

「今日は俺は休みだ」

その決意は、あっという間に無駄になってしまった。しょんぼり。

このお屋敷にお世話になるようになって、三週間目。

初めて旦那様が、一日中お屋敷にいるらしい。

「なんだ、その目は……俺がいない方がいいか?」

「そ、そういうわけでは……」

正直言って、拍子抜け。それと同時に……お休みするなんて、旦那様はけっこう悪い人だったらしい。私がジーッと見ていると、旦那様が眉をしかめる。

「普通は、週に一度は休日というものがあるんだ」

「でも、旦那様はこの三週間――」

「少々雑務が溜まってしまっていてな。というか、毎晩屋敷に戻るようにしていたら、仕事の配分がわからなくなってしまったというか……」

「つまり旦那様は、お仕事をサボる悪いひとではないと？」

「やっぱり、まともな休日という概念がなかったか……」

なぜか項垂れる旦那様のそばに、コレットさんが顔を寄せた。

「旦那様はぁ、生真面目かつ要領が悪いから～。お仕事がねぇ、できないんですよ～」

「コ、コレット!?」

「今までは泊まり込みで働いてくるのが常でしたからね。ゆっくりベッドで睡眠がとれる分、これでもまともな生活になった方なのではないでしょうか」

「セバスまで……!!」

お二人の言葉に、旦那様は何かを堪えるように奥歯を噛み締めてから……ハッと私に前のめりで訴えてくる。

「いいか、俺が無能というわけではないからな？　ただまわりがこぞって俺に仕事を押し付けてくるから、国政に支障が出ないよう誰かが踏ん張るしかなくてだな――」

「旦那様～。過剰な仕事を断るってのもねぇ、能力のひとつなんですよ～?」

「ぐぬぬっ」

「この生真面目ゆえのお人好しゆえに、いつか『あなたの子供なの、責任取って!!』と身に覚えのない責任をとってきてしまうのではないかと、この老いぼれはヒヤヒヤしておりましたが……その心配が杞憂で済んで何よりでございます」

「こんのっ、よりにもよって彼女の前で……」

『彼女?』

途端、セバスさんとコレットさんが同時に疑問符を投げかけていた。やっぱりお二人はとても仲良し。その一方、まるで旦那様はいじめられているみたい。そんな旦那様がちょっとだけ羨ましい……と思うのは、失礼なのかな?

「……ノイシャの前で、そんな誤解を受けるような冗談を言わんでくれ」

それでも……どうでも良くなっちゃった。

『奥さん』してない時に「ノイシャ」と呼ばれると、少しビックリで、少し恥ずかしいから。

「まぁ、そういうわけで今日は休みなんだ。だからきみ……ノイシャを買い物に連れていきたいんだが、どうだろうか?」

「……お買い物?」

だから思わず反応が遅れてしまうけど……お買い物?

お買い物はこの間したばかりだ。屋敷にデザイナーの人を呼んで『ジャージ』を制作中。来月くらいには試作品ができるとのこと。だから毎日わくわくしているんだけど……。

旦那様は、それだけだとダメだと言う。

「あぁ、こないだのデザイナーに一緒に頼むかと思いきや、本当に『ジャージ』しか頼まなかったんだろう？　来週ラーナの家に行く服でも欲しいかと思ってな」

――今のお洋服じゃダメなの？

今着ているお日様色のワンピースも、コレットさんが選んでくれたもの。ほとんど毎日違うものを着せてくれるんだけど、毎日本当にお人形さんみたいにしてくれて。毎朝この格好でラーナ様にご挨拶しているんだから、別に失礼ってことはないと思うんだけど。

戸惑う私に、コレットさんが笑顔を向けてくれた。

「お店にある服から自分で選ぶのも、なかなか楽しいものですよ？」

だけど今回限りは……助け舟じゃないらしい。

「それが……今日のお仕事でしょうか？」

お買い物。そんなお仕事は経験がない。しかもお貴族様の訪問着。ずっと教会から支給される正装と修練着以外に着たことなかった私に、何をどう選べと……。

「……あぁ、それが今日の仕事だ。ただ三分は間違いなく超えるから、ボーナス発生だな。そのボーナス分で何でも好きな物を買ってやる――というのはどうだろう？」

「なるほど?」

——だけど、お仕事というのなら。

経験がないからと言って断れる甘い仕事など、今まで一度もなかった。

日々の幸せぐーたら生活のため!!

これは必要な苦難なのだろう。……ボーナスもくれるというしね。

「畏まりました。お買い物のお仕事、謹んで務めさせていただきます」

私がぺこりと頭を下げると、三人は少しだけ複雑そうな顔をしていた。


そして、簡単に身支度をしてもらって。

「それじゃあ、わたしが御者を務めますので!　お二人は中でのんびりしていてくださいね!」

馬車は毎日見てはいたけど、こうして乗るのは人生二度目である。

一度目は当然、この屋敷に来た時だ。

コレットさんがお馬さんの元へ向かう直前、私に耳打ちしてくる。

「今日のお仕事のことは『お買い物』じゃなくて『デート』っていうんですよ?」

そして、馬車の中では旦那様と二人っきり。

身体の大きな旦那様が、馬車の中だとやたら大きく見える。桃色の髪がいつもよりゆるっとしていて、だけど青い眼差しはせわしなくキョロキョロしている。

そんな旦那様に、私は心の中で「せーの」と勢いづけてから話しかけた。

「あ、あの！」

「なんだ？　そんな畏まらなくていいぞ。今日は終始『ぐーたらモード』で構わん。きみにとっては長期戦だろうからな」

ぐーたらモードで仕事って、それはそれで難しいけれど。

私は馬車にがたがた揺られながら気分をぐーたらしつつ、小首を傾げる。

「『デート』って、なんですか？」

「デ……っ!?」

私はただ、コレットさんから修正指示を受けた業務内容の確認をしているだけ。

だけど、向かいに座る旦那様はなぜか顔を赤く染めた。

「男女が仲良くこう……出掛けることを言うんじゃないのか？」

「なるほど？　仲良くというのは、具体的にどのような行為のことをいうのでしょうか？」

「行為ってなぁ……？」

仲良くって言われても、誰かと仲良くしたことがないもの。

それを尋ねると、旦那様は渋い顔をしながら教えてくれる。

「こう……手を繋いでみたり」

「男女で手を繋ぐ」

「食事中に口元が汚れていたら、それを拭ってあげたり」

「口回りを綺麗にしてあげる」

「一日の終わりには、キスをしてみたり?」

「キスとはなんでしょう?」

「せ、接吻とでもいうのか?　互いの唇同士を合わせる――」

「あぁ、交わりを開始する合図のことですね」

「なんでそんな知識だけあるんだ!?」

それはもちろん、司教様から教わったから。

正確に言えば、二十歳になったらそういう仕事も回ってくるからと、教本を読まされたくらい。

だけど、その内容はどう考えても街中で行う行為じゃないと思っていたのだけど……合図は街中でもしていいんですね。

そんなこと話していると、馬車が動きを止める。窓の外を覗いてみれば、見覚えのある王都の栄えた通り道だった。コレットさんが外から扉を開けてくれる。

「さぁ、着きました――旦那様、なんでそんなに顔が赤いんです～?」

その問いかけに、旦那様は馬車を降りながらコレットさんを睨みつけていた。

「……十中八九、おまえのせいだ」

「た、たしかにコレットちゃんは可愛いですが……申し訳ございません。コレットちゃんは旦那様に恋心の欠片も抱いたことありませんので……」

「俺もだよっ！」

お話の流れがよくわからないけれど、とりあえず旦那様とコレットさんが今日も楽しそうなので、私も「ふひひ」と笑っておく。


でも、今までの情報を整理すると。

今日の仕事は『お買い物デート』ということになるらしい。

――しかも、ぐーたらモードで？

旦那様から与えられた仕事の中で、一番難しい仕事である。

――頑張らないと！

「何を気合入れているんだ？」

「今日のお仕事です！」

なんだか旦那様が難しいお顔をしているけど、とりあえず目的地の近くには着いている様子。コレットさんが馬車を預り所に預けている間、どうやら私たちは道行く人の視線を集めているみたいだ。

「桃色公爵だ……」

「じゃあ、あの隣にいるのが噂の買われたっていう？」

「ずいぶんと……小さいねぇ」

――やっぱり小さいんだ、私。

身長のことくらい、自分でわかっていたことだけど。

大きな旦那様の隣に立つと、余計に自分の貧弱さが気になる。やっぱり旦那様の『らぶらぶ奥さん』に自分は似つかわしくないのだろう。私のせいで、旦那様に悪評がついたら……。

思わず視線を落としていると、なぜか旦那様が謝罪してきた。

「すまない。俺のせいで嫌な思いをさせる」

「えっ？」

――私のせい、ではなくて？

意味がわからず顔を上げれば、旦那様が自身の短髪を弄んでいた。

「桃色公爵というあだ名は、その響き通り、軟派な見た目から来ているんだ」

「その髪色、かわいいですよね？」

「男には喜ばしくない賛辞だ」

そう苦笑した旦那様はため息交じりに語る。

「だから……こうして外に出た時、これからも嫌な思いをさせるかもしれん。噂が独り歩きして、女遊びが激しいみたいな話もあるようだからな」

「じゃあ……私もそう思われるのでしょうか？」

素朴な疑問に、旦那様はなぜか目を丸くされるけど。なぜ驚かれるのかがわからず、私はそのまま言葉を続けた。

「だって、今は真っ白になっちゃいましたけど。元は旦那様の髪色と似てたんですよ」

唯一残っているあんず色の一房を手に取る。自分の中で唯一気に入ってた、可愛らしい部分。それも、たったこれだけになってしまったけれど。

「私、可愛いもの好きです。だから、旦那様の髪色も好きです」

「あぁ……俺もなんだか、この色が好きになれそうな気がするよ」

小さく笑った旦那様は「それじゃあ、可愛い服を見つけないとな」と言いながら、私の色の付いた髪を少しだけすくって。そして何気ない顔ですぐそばのお店に目をやった。

「この服飾店《ブティック》が十代後半の女性に人気らしい」

「旦那様はお詳しいですね？」

「……コレットの受け売りだ」

顔を背けた旦那様はそう言うけれど、突如コレットさんは「城のメイドに聞いてきたらしいですよ～」と耳打ちしてくる。どうやら馬車を預け終えたらしい。

でもそうか、旦那様はお城のメイドさんらとも仲良しなんですね。

「なんだ？」

ふと旦那様を見上げれば、桃色の短髪からヒョコッと覗いている耳の先っぽが赤い。

「いえ——なにも」

でもとりあえず、お仕事をしなくては。

私が先に言われた通り、旦那様の大きな手に触れると、

「どひゃっ」

奇声をあげた旦那様に、手を振り払われてしまった。なぜ?

再び旦那様を見上げると、旦那様は顔まで真っ赤にしていた。

そして「いや」とか「その」とかモゴモゴした後、「すまなかった」と今一度手を差し出してくる。その手に、私が触れようとした時だった。

コレットさんがずいっと顔を寄せてくる。

「あのですね……先ほどから大変微笑ましいのですが。さすがにお店の前だと迷惑だと思います」

すると、通りすがりの人やお店に出入りしようとする人々に、コレットさんが「すみません、新婚なものでして」とペコペコ謝罪し始めてしまう。

わわ、大変。私そんな大変な失敗してしまったんですね!?

慌てて一緒に謝罪しようとすると、

「いいから」

と旦那様に手を掴まれて、そのまま入店。大きな手に、私の手がすっぽり。

あたたかいな～なんて思っていると、セバスさんみたいな恰好をした人たちが「いらっしゃいませ」と声をかけてきてくれる。おどおどする私と違って、旦那様は堂々としていた。

「友人の家に行くために、彼女に似合う服を見繕ってくれ」

それから今度は、私に向かって言う。

「その中から、好きなものを選んでいい。いくつでも構わん」

――やっぱり私が選ぶのか……。

これは大変だ！　一瞬お店の人が選んでくれるのかと期待していたのに……。

お洋服の目利きなんて、さっぱりわからない。

だけど店員さんは、すぐさま「こちらは～？」「あちらは～？」とたくさんのドレスを出してきてくれる。ピンクの。水色の。若草色の。あれこれ目移りしていると、頭上から咳払いが聞こえた。

当然、旦那様だ。

「あのな、ノイシャ」

「はい、ノイシャです」

「手を繋いだままだと、選びづらくないだろうか？」

そうですね。お店に入った時から手を繋ぎっぱなし。

だけど、それをご指示したのは旦那様です。

「今はデートなので」

デートとは手を繋ぐものなんですよね？　と小首を傾げたら、旦那様はますます咳込んでしまった。ちょうどその時、遅れて入ってきたコレットさんがいつになくおかしそうな顔で笑う。

「旦那様かわいい～♡」

「おまえはもう少し主人を敬う態度を見せろ。人前だけでいいから！」

そんなこんなで、結局三着のワンピースを買っていただいた。

白いのと。ピンクのと。クリーム色の。

こないだ食べたアイスの色を選んだと話したら、旦那様に笑われてしまった。

「思っていたより食いしん坊だな！」

だって自分で洋服を選ぶの、初めてだったから。

幸せな思い出の色を込めたいと思うのは、おかしいことなのかな？


そのあと、お昼ご飯を食べに行った。

お店でご飯食べるのも、当然初めて。この飲食店はビストロという種類のお店らしく、平民の人がたくさん利用するお店とのこと。だから、マナーとかはあまり気にしなくていいんだって。

「以前から不思議に思っていたのだが……きみは――」

「コホンッ！」

「ノイシャは食べ方が綺麗だよな？」

なぜか隣に座るコレットさんが、途中で咳払いをしたけれど。

私は短いパスタを口に入れて、モグモグ飲み込んでから口を開く。

「見習いの時に身に付けさせられました」

「聖女でも会食するような機会があったのか？」

「いえ。食べ方が汚いと、身請け時に値段が下げられる恐れがあるからと」

「……」

どうしてだろう。聞かれた質問に正確に答えたのに、旦那様もコレットさんも閉口してしまった。

ちなみに、今は四角いテーブルで旦那様と向き合って座っている。隣にコレットさん。今日は三人だけだからと、メイドのコレットさんも一緒にお食事。今までもこうして外食する時は、セバスさんも一緒にご飯食べていたんだって。いいなぁ、私もセバスさんと一緒にご飯食べてみたい。そう話したら、コレットさんは『父さんのゆるむ顔、絶対見ものですね！』とお腹を抱えていたけれど。

ちなみに、セバスさんとヤマグチさんは今日はお留守番。セバスさんは別件の仕事があるらしく、ヤマグチさんはいつも外についてくることはないらしい。せっかくだったら、みんなでお外ご飯食べたかったたな。お留守番のひとに……何か私ができることは……。

それはそうと——旦那様が赤いロングパスタを食べた。私はすぐさまナプキンを構えるけれど……あぁ、旦那様が自分でお口を拭いてしまわれる。これはもう五回目の失敗。

なかなか難しいとしょんぼりしていると、旦那様が目を丸くする。

「き……いや、ノイシャはさっきから何をしているんだ？」

「なかなか任務達成ができずに申し訳ございません。次こそは。なので鞭で打たないで――」

「打たんっ！」

私が食器を置いて頭を下げると、旦那様は大きな声を出してから辺りをキョロキョロ。なんか他のお客さんの視線が集まっていたみたいだけど……旦那様とコレットさんが見目麗しいからかな？

対して、コレットさんは旦那様に半眼を向けているみたい。

「旦那様～？　ノイシャ様に何を命じられたんですか～？」

「別に何も命じてなど……もしや、馬車の中での話を鵜呑みに――」

と、その時だった。お店の扉から飛び込んでくるお客さんがひとり。

カランとベルが鳴ったのとほぼ同時に、そのひとは叫んだ。

「下水道の氾濫だ！　すぐに逃げろ!!」


――下水道の氾濫。

懐かしい響きだった。きっかけは、私が朝にいただく泥水を『浄化』して飲んでいたのが、司教様にバレた時のこと。また『愚か者め』と鞭で打たれると覚悟していたら、その日は珍しく他のことを言われたの。

『その技術を使って、教会が営利特権を得られるような大開発をしろ』

お金儲けとかはよくわからなかったけど、とりあえず大規模的に汚水を浄化できればいいらしいので、とりあえず禁書に書いてあったことを私なりに再現した。そうしたら、めちゃくちゃ司教様に褒められたの。

たしか人生で頭を撫でてもらったのは、あの一回だけ。

それでも、すごく嬉しくて。とってもとっても『やっほい』で。

だけど、それはまだ聖女がしっかり管理しないと供給させられない代物だったから、一般の人々でも多少の管理や修理ができるように効率よくしようとしたの。だけどマナなしで使えるようにしたらダメだと言われて、そのままの形が国に提案され、採用された。

そのため私の午後の仕事に、毎日上下水道の管理が加わった。

来る日も来る日も、暗い地下水道にひとりで潜る毎日。それでも正直、やりがいは一番ある仕事だった。地下に潜る穴まで行き来する時に見る街並みや人々が、みんな以前よりもっと眩しくなっていたから。まるで泥だらけの私でも、キラキラのキラの一部分くらいは作れたような、そんな気がしたから。

だけど当然、私は身売りされてから、上下水道の管理など一切行っていない。

――だからやっぱり、一般の人々にでも管理できるものにした方が良かったのに。

上下水道の安定のためには、地下にある管理盤に一定量のマナを注いでやる必要がある。

その日の気温、温度、水温、水嵩などから判断して、マナの量や質の操作が必要だ。当然、その管理は聖女のみんなで分担することになってたんだけど。

だけど他の聖女はみんな、地下の下水道に潜るなんて野蛮だと嫌がった結果――私が毎日地下に潜ることになった。ちょうどその頃から、人件費節約と謳って、孤児上がりから聖女に登用することがなかったからね。

私を除いて、聖女はみんなお貴族様のご息女。

見習いという雑用係が、孤児上がり。

ご息女の面倒を見ているということで寄付金がたんまり貰え、無駄な出費はしない。

その代わり、聖女の中の汚れ仕事を孤児上がり唯一の聖女である私が無償で引き受ける。

私も育ててもらった手前、そんな生活が当たり前だと思っていたの。

それこそ私に何かあって管理できなくなったら困るからと、司教様にも相談したんだけど。

私は容赦なく鞭で打たれた。

『そんな尤もなことを言って、単純に仕事をサボりたいだけだろう!?』

司教様は、聖女なら誰にでもできることだと思っていたみたいだけど。

実際氾濫したということは、誰にでもできなかったということだろう。

――どうすればいいんだろう?

あの悲鳴を聞いたあと、旦那様は即座に立ち上がって事情聴取に向かってしまった。

外に出ようとした時には、もう石畳の道に水がだらだらと流れていて。その時、旦那様の足が一瞬止まっていたのがずっと脳裏に残っていた。

「旦那様は……水が苦手なのでしょうか？」

「水というか……昔から泳げはしないですね。小さな時に川で溺れて。それがトラウマになっていると父さんから聞いてます。ま、この程度の水量なら、あの大きな図体で溺れようがないので問題ないですよ」

「なるほど？」

——大人でも桶一杯の水で溺れることがあるらしいけどな？

それでも過剰に心配して、コレットさんを困らせることでもない。

私はコレットさんと一緒に、高台に避難に向かっている。

王都は王城を頂点に丘みたいな地形をしているから、城下に向かって坂を下ることになる。

今回氾濫した場所は中央から下の部分なので、主に商店などの賑わう繁華街を直撃したとのこと。漏れ聞いた話だと、今までの被害は城下の俗にいう貧民層だったから、さして大事にはなっていなかったという。

——貧民層だからって、人が住んでいる以上大変は大変だったと思うけどな。

だって今も悪臭が酷いし。この臭いってなかなか取れないんだよね。私はむしろ懐かしいなぁと思ってしまうけれど。コレットさんなんかずーっと鼻の上にしわを寄せている。

私はコレットさんに手を引かれながら、人だかりの中を進んでいた。避難ということで、みんな考えることは一緒らしい。女の人や子供は高台に避難して、男の人はその場に留まり、土嚢でお店を守るなり、あふれ出る下水道の穴を塞ごうと試みたり。

氾濫といってもそこまで濁流になっているわけではなく、足首くらいの高さの泥水が坂道を流れている程度だ。それでも私なんかじゃ、ちょっとした油断で足を取られてしまうから……コレットさんに手を引かれていなければ、あっという間に転んでいたことだろう。

そんな中で、コレットさんの口調はいつも通り明るかった。

「せっかくのデートだったのに、とんでもないことに巻き込まれちゃいましたね～」

「旦那様、大丈夫なのでしょうか……」

旦那様は復旧作業に手を貸しているだろう、とのコレットさん談。

いつも小綺麗な恰好をしている旦那様。身体も大きいし、騎士なので剣も使えるということだが……あんまり戦ったり、汚れたりするイメージはない。

「旦那様は次期公爵である前に、今は騎士団員ですから。こうして王都でトラブルがあった時は、民の避難誘導やトラブル解決に尽力するのがお仕事なんですよ～」

「仕事……」

ずっとモヤモヤしていたの。

私が作ったキラキラが、今こうして人々を苦しめてしまっている。

当然、私が悪いんじゃない。私は聖女の仕事を辞めさせられた身。そのあとに起きた不祥事なら、当然私は無関係なはずだ。私がモヤモヤする必要はない。

だけど、

「私の仕事……」

それなら、今の私の仕事は何？

街のひとと一緒に、困るのが仕事？

――私なら、この状況をどうにかできるのに？

その時、ふと小さな悲鳴が聴こえた。なんだろう？　辺りを見渡すけど、みんな一生懸命列になって高台へ足を動かしている。その中で、必死な形相で逆走しようとしている女性が一人。叫んでいるのは……誰かの名前？

「ノイシャ様。立ち止まっていると危ないですよ？」

たしかこの坂の横に溝があるんだよな。せめてもの氾濫対策として、土木系の職人さんに相談したの。いざという時、少しでも氾濫防止になったらと思って……今は濁流がジャバジャバ川のようになっているけど……もしかしたら？

私は慌てて式を描く。気のせいかもしれない。もう下の方まで流されてしまったかもしれないけど――居ても立っても居られなかったから。

完成した光の式が溝の濁流に向かい、水の流れを光の鎖で包んでいく。その中で、鎖が繭のようにぐるぐる巻きになった場所が現れる。私が指を引くと、その光の繭が地面に釣り上げられた。その繭が解かれれば……中から、三歳くらいの幼子の姿だ。

「ノイシャ様、あれは――」

驚くコレットさんを無視して、私はその幼子に駆け寄る。その前に、さっきの誰かを探していた女性が必死にその子を助け起こそうとしていたけど、私は声を荒らげた。

「うつ伏せにしてくださいっ！」

揺さぶり起こしたい気持ちはわかるが、ひとまず水を吐かせるのが先決だ。

無理やり母親であろう女性から冷たい幼子を預り、その背中に式を描く。水を吐かせる奇跡と、精神を落ち着かせる奇跡だ。発動して、呼吸が落ち着いたのを確認してから……私は眠った幼子を母親へと返す。

「一時の記憶を閉じ込めることで精神を落ち着かせる奇跡を使ったので、起きたあとも無理に溺れたことは思い出させないようにしてあげてください。子供の場合は特にトラウマが強く出ることがありますので」

「あ、ありがとうございます！　聖女様っ!!」

――聖女……。

気が付けば、辺りが静まり返っていた。避難していた人たちの大半も足を止めて、「聖女」「聖女だ」とがやがや私のことを見ている。その中で、真っ先に私の手を取ってきたひとは見覚えのある女性、コレットさんだった。

「ほら～。早く逃げましょうね～」

何喰わない笑顔で私の手を引く力が、いつもより強い。

コレットさんは強い足取りで冠水が流れる坂を上りながら、前だけを向いていた。

「こういう場であまり目立つようなことはしない方がいいです。ご立派な行為でしたが……こういう時だからこそ、ノイシャ様の優しさに付け込む輩が際限なく出てくるものですので」

とても冷たい言い方だったけれど……だからこそ伝わってくる。

――私を、心配してくれているんだ……。

混乱している民衆が、聖女である私に詰め寄ってこないように。

氾濫をどうにかしろ。責任をとれ。

だって、あの一瞬で伝わってきたもの。まわりの人たちの目の色が変わったことを。私に期待し、そして恐怖を押し付けようとするような、そんな威圧感。

だからこそ、今もコレットさんは必死に前だけを向いて、私の手を引き、逃げようとしてくれている。そんなコレットさんに――私は小さく息を吐いてから、訊いた。

「私の仕事って、旦那様の『らぶらぶ奥さん』ですよね？」

「まぁ一応、そうなんじゃないですかねぇ。でもあんな契約なんか気にしないで気楽に――」

「畏まりました」

私はコレットさんの手を振り払う。そして即座に踵を返した。だけど、やっぱり冠水で足が滑って転んでしまう。

「ノイシャ様!?」

コレットさんが慌てて脇の下に手を入れて、助け起こしてくれる。私はしょんぼり謝罪した。

「ごめんなさい、せっかくのお洋服が……」

「そんなのはどーでも――」

「でも……」

私はまっすぐコレットさんに訴える。今も道の真ん中で立ち止まって、避難するひとたちの邪魔になっている。彼らの目が怖い。それでも、私が行きたい方向はそっちじゃないから。

ジッとその場で踏みとどまり、下ろした両手を固く握っていると。

コレットさんがスカートが濡れてしまうことを厭わず、その場で膝を曲げる。そして私と視線の高さを合わせて、微笑を浮かべた。

「ねぇ、ノイシャ様。ご命令ください」

「えっ？」

私は目を見開くけれど、コレットさんの口調はいつもの軽薄な感じじゃない。

優しいけれど、たしかに真剣だった。

「わたしは、あなた専用の侍女です。あなたに困り事があった時、願い事があった時、それを叶えるのがわたしの仕事。ね、奥様？」

――奥様。

初めの頃、そう呼ばれていて。最近は名前で呼ばれて。

だからわかるの。今、コレットさんはわざと『立場』で呼んでくれたということに。

そして、それの使い方を教えてくれているということに。

「あの……コレットさん」

「はい、なんでしょう？」

私は固唾を呑んでから、まっすぐにコレットさんを見つめた。

「私を、旦那様の所に連れて行ってください！」

「かしこまりました」

足元が冠水しているというのに、コレットさんのお辞儀《カーテシー》はとても優雅だった。だけど直後、私をひょいっと肩に担ぎ「舌を噛まないでくださいね～」と走り出す。

避難する人々たちとは逆方向に、坂を滑るように下って。そして助走を付け、バシャッと泥水が跳ねるほど強く踏み抜いた。

わわっ、跳んだ!?

着地したのは、店々の瓦《テラコッタ》屋根の上。瓦の上を走ったらガチャガチャ音がうるさそうなのに、コレットさんの足は音一つ鳴らさない。だけど、私の白髪を大きくなびかせるほど速かった。速い、速すぎる！　ちょっと怖くてコレットさんにしがみつくと「大丈夫ですよ～」と優しく髪を撫でつけてくれる。

まるで、頭を撫でられているような。

その感触に、思わず涙ぐみそうになって。

だけど、泣いている暇なんかなく「着きましたよ～」と地面に着地した。バシャンッと水しぶきが飛んできて、まわりを見渡せば。

商店街の中央広場。本来ならお買い物客の憩いの場として賑わっているはずの場所が、野太い声をあげる男のひとたちでいっぱいだった。

「土嚢はまだか!?」

「さすがに足んねーよ！」

「ひぃ、腰がいてぇ」

「この根性なしが！　浸水で店ごと腐ってもしらねぇーぞ！」

「女子供は全員避難したか!?」

「そこの女店主、無理するな。俺が代わろう」

——あっ。

その女性が運んでいた土嚢を半ば奪うように受け取って。

小綺麗な洋服は泥まみれ。桃色の髪まで乱した旦那様が軽々と土嚢を運んでいく。

「旦那様！」

私はコレットさんの腕から飛び降りて、旦那様を呼ぶけど……旦那様は気が付いてくれない。重たそうな土嚢を運びながらも「追加人員はまだか!?」「レッドラ公爵の名前を使っていいから、城に連絡してくれ！」などと懸命に指示を飛ばしている。

——あれが、本来の旦那様。

お貴族の紳士じゃない。泥まみれで働く、私の旦那様。

「旦那様っ！　旦那様ぁ!!」

私の声が届かない。流れる水の音で。懸命に働く男のひとたちの声で。私の小さな声なんて、簡単に掻き消されてしまうけど。

私は転ばないように気を付けながら、旦那様に向かって走る。

そして、喉が裂けそうになるくらい叫んだ。

「リュナンさまあああああ!!」

すると、旦那様がこちらを見てくれる。

青い目に私を映してくれたことが嬉しくて、思わず頬が緩んでしまった。

だけど、旦那様はすごくビックリしたみたい。

「ノ、ノイシャ!?　どうしてここに!?」

「はい、ノイシャです！」

土嚢を近場の男性に無理やり渡して、こちらへ走り寄ってきてくれる。

私も近づこうとするけど、やっぱり水に足をとられてしまって。転びそうになったところを、旦那様が受け止めてくれた。汚れた臭い。汗の臭い。旦那様の臭い。決していい臭いじゃないからこそ、今の私に勇気をくれる。

「お命じください」

「何を？」

「氾濫を収めろと。ずっと水路の管理をしていたのは私です！　私、できます！」

私が胸に抱き込められたまま見上げると、旦那様はあからさまに眉根を寄せていた。

「だ、だがきみはもう聖女じゃ――」

「はい、私は旦那様の『らぶらぶ奥さん』です」

契約書に、そう書いてあるから。

私はもう聖女じゃないこと。旦那様の……レッドラ次期公爵の妻であると。

だからこその務めを、私は提言する。

「私は旦那様の『奥さん』として買われました。奥さんならば……旦那さんの助けをするのが務めですよね？　旦那さんであるリュナン様は、今この氾濫を止めようと頑張っているんですよね？　私はそのお手伝いをしてこそ、リュナン様の『らぶらぶ奥さん』なんじゃないですか!?」

その結果、為すべきことがどちらでも変わらない――ただ、それだけのこと。

私はまっすぐに旦那様を見上げているのに、目を逸らされてしまう。

奥を見やる旦那様が話しかけるのは、私のうしろにずっと控えていてくれた――

「コレット!!」

「申し訳ございません、旦那様。奥様たっての願いでしたので」

「……おまえは、本当に俺の言うこと聞かないな?」

「はて? わたしは旦那様の『奥様に仕えろ』という厳命を第一にしているだけでございますが?」

そのセバスさんそっくりの物言いと仕草に、旦那様がため息を吐く。

そして私の両肩に手を置いてから、私にまっすぐ聞いてきた。

「……できるのか?」

「大丈夫です――契約通り、三分で終わらせます」

そう言いのけてから、私は旦那様に背を向ける。一歩ずつ向かう先は、蓋がとっくに外れて、小さな噴水のように泥水を吐き出している下水口の一つ。ひと一人が通れるくらいの大きさだ。

私はそこへ向かいながら、立てた指を動かす。

黄金のインクで空に文様を描きながら、ちょっとだけ愚痴を吐き捨てた。

「でも今日のボーナス、貰えなくなっちゃうなぁ」

「ノイシャ――」

旦那様から名前を呼ばれて、後ろ髪ひかれるような気がしながらも。

――さぁ、今日の仕事を始めよう。

頭を仕事モードに切り替える。

マナの式を描き終わった私は、旦那様の手から逃げるように下水道の穴へと飛び込んだ。

私の身体は薄い黄金のシャボン玉に覆われている。だから呼吸もできるし、水の勢いに反して行きたい方向に沈み、向かうことが可能。私はシャボン玉をふよふよ動かしながら、濁流の中を潜り、水路を進んでいく。

下水道の構造は、全部頭の中に入っている。

管理盤へと泳ぎながらも、その全域に私のマナを行き渡らせて――私は街へと溢れる水が、少しでも綺麗なものとなるよう変質していく。

管理盤はそう遠くない。その板に書かれた式を確認すれば、やっぱり無駄に水量が増やされていた。きっと前に制御に来た人が、何度も調整するのが面倒だからと怠慢したのだろう。いっぺんにたくさん浄化すれば問題なかろう、そんな気持ちはわからないでもない。

私は即座にその式を修正する。普段よりも少なく、その代わり浄化の量も減らす。当面は使える綺麗な水が減ってしまうけれど、一日二日の辛抱だ。無事に浄化システムが正常の範囲内に戻れば、また元通り使えるはず。きちんと毎日、聖女が管理してくれれば。

――あ、そろそろ三分だ。

お買い物デート分を合わせたら、かなりの超過労働だ。

私は慌てて、そのまま水流に流される。穴から這い出るより、このまま下流の貯水池に出る方がラクだし早い。水流に任せるだけだから、自身にかけたマナも自己呼吸と衝撃防止膜だけで済むし。倒れなければいいんだ。そうしたらボーナス。ボーナス、欲しい。

だからぐーたらと……気絶しないように目を閉じて、半分寝ていた時だった。

「……シャ、ノイシャ！」

身体が揺さぶられる。あぁ、いつの間にかシャボン玉も解除していたのか。全身びしゃびしゃで身体が重く、疲労感もあってすこぶる眠い。だけど目の前で、大の男である旦那様が泣きそうな顔をしているから。とりあえず、私は挨拶をしてみることにした。

「お、おはようございます」

「おはようって……寝てたのか？」

「仕事が終わったので」

どうやら冠水は無事に落ち着いたらしい。まだ完全に水が引いているわけではないけど、ぴちゃぴちゃしているだけで窮地は脱したみたい。よかったよかった。

ちょっと寝たから、もう少し頑張れるかも。疫病が蔓延したら大変だからと、浄化の式を描こうとしたけど――旦那様に手を掴まれてしまった。

「もう働くな。大丈夫だ。きみがすぐに下水自体を浄化してくれただろう？　あれでだいぶ被害は抑えられる見込みだ」

「それなら……いいのですが……？」

ぼんやりと応えると、旦那様がいつになく大きなため息を吐かれる。

「そんなことより。こっちは元の場所に戻ってこないから、どれだけ捜したか――」

「捜す？　誰を？」

「ど阿呆！　きみのことに決まっているだろう!?」

――また怒られちゃった。

旦那様の大きな声には慣れてきた。だって、このひとは絶対に私を鞭で打たないから。

だから私は旦那様に抱きかかえられたまま、おずおずと尋ねてみる。

「あの～」

「なんだ？」

「気絶はしなかったので……本日分のボーナスはどうなるのでしょうか？」

今日はお買い物デートと下水道の修理、二つもお仕事をした。溺れていた子供を助けたのは……私が好きでやったから、ぐーたらの範疇かな？

ともあれ、どのみちお買い物デート分だけでもボーナスは貰えるはずなのだ。ボーナスが支給される条件は『倒れないこと』。私は今回倒れていない。寝ていただけ！

すると旦那様は、いつになく眉根のしわを深くした。

「そんなに欲しいものがあるのか？」

「はいっ」

旦那様のお姿はさらにボロボロになっていた。そのお洋服、もう洗っても汚れがとれないんだろうなぁ。そこまでして、私なんかを捜してくれたのかなぁ。

——なんか胸がどきどきする。

この鼓動の速さの理由はよくわからないけれど。

旦那様からの質問に対する答えは明白だった。

「セバスさんとヤマグチさんに〝お土産〟というものを買ってみたいです！」


「——というわけで、これが土産だそうだ」

ノイシャのささやかすぎる願いは聞き届けられた。というか、その願いを聞いていた他の町人らが感涙し、こぞって無事な商品を運んできたのだ。

その中で、ノイシャが選んだのは真っ赤な林檎だった。もっとハンカチーフだとかカフスだとか高級な貴金属もあったんだが……よりにもよって、彼女が選んだのは食べ物。しかも林檎。

本当にそれでよいのかと尋ねれば、彼女は小さく笑っていた。

『消え物の方が、気軽に受け取ってもらえますから』

「なんて健気なあああああああああ」

深夜遅くに戻ったセバスにリボンのかかった林檎を渡せば、案の定セバスは男泣きし始めた。彼女に『渡しておいてください』と頼まれたから、その通りにしたのだが……やっぱり強く言って、本人から渡してやった方が良かったのか？　それとも、こんな姿を彼女に見られたくはないだろうから、これで良かったのだろうか。

ちなみにヤマグチは、彼女から林檎を受け取った早々飾り切りを始めた。

ノイシャ分の夕食のデザートに飾られた立派すぎるウサギがそれだったのだろう。ノイシャは目をキラキラさせながら「こんなの初めてです！」と飾り切りの乗ったプリンアラモードを頬張っていたが……その姿をセバスに見せたら、こいつは魂が抜けていたんじゃなかろうか。そんな気がしてならない。

ともかく今、我が家はとても平和なのだろう。

俺がひょんな強がりから聖女を身請けしてきてしまったが——彼女がこうして我が家に打ち解け、こんなにも大切にされている。彼女も我が家を気に入っているのだろう。俺のことも……もっと軽蔑される覚悟はしていたつもりだが、それ相応に懐いてもらっている。そんな気がする。

だけど……そんな平穏を、俺はいつまで守れるのだろうか。

俺は先にセバスから提出された書類に目を下ろしながら尋ねた。

「それで、結果は？」

するとと、セバスも表情を引き締める。

「旦那様の憶測通り、近年の教会はとても金銭的に潤っているようです。もちろん上下水道に関する褒賞金や管理費用によるもの……とも言えなくはないですが、少々潤い方が尋常じゃないですな。別の収入源があったと見て間違いないです」

予想通りだな。だから俺は視線も上げない。

「なるほど。そして例の盗難事件の方は?」

「盗まれたものは旦那様もご存知の通り、まだ見つかっておりませんが——その中の『本』の内容は件の露天商に聞いて参りました。露天商は『古文書の写本』としか知らなかったようです。丁寧に書かれていたことからそれなりの値段で買い取ったと言ってましたが……まさか禁書指定されているものとは知らなかったようですな。同じような事件がここ半年で三件ありました」

本当にクズすぎて、思わず鼻で笑ってしまう。

おそらく……いや、十中八九、司教はノイシャに書かせていた複写本を売って金にしていたわけだ。だけど、それを闇雲に繰り返すだけでは市場に写本が出回りすぎてしまい、希少性も、そして法を犯している旨も広まってしまう。そこで盗賊を雇って写本を回収。そしてまた同じ写本を売るということで、金のサイクルを生み出していたのだろう。

残念ながら、いくら騎士が定期的に見回りしようとも裏路地の露天商、さらに王都から離れた場所になればなるほど目が行き届かなくなる。狡賢いクズの所業だな。

「ご苦労。これで司教が黒だと確定したな。早急に書類に纏めろ。できるだけノイシャのことは伏せるように。写本の回収はできそうか？」

「盗賊の根城の特定まではできました。ご要望であれば、今からでも行って参りますが？」

「いや、それこそおまえに過労死される方が困る。今度ラーナの家に行く時があるだろ。その時にでもコレットと行ってきてくれ。ヤマグチも必要なら――」

「いえ、コレットと二人で大丈夫です。そちらにも御者役が必要でしょう？」

それに「無理するなよ」と応じながら、俺は手元の書類を捲る。

これは以前にも読んだノイシャの聖女時代のスケジュールだ。

セバスは先の調査と一緒に、こちらの案件の調査書の追加も提出してきた。

「俺も人のことは言えんが……今お前が倒れたらノイシャが悲しむぞ。せいぜい元気なジジイ代わりでいてやれ」

「おや、私は父親代わりのつもりだったのですが」

「可愛がり方が孫のそれ、そのものだと思うぞ？」

そんな軽口を言いながら追加分に目を通し……俺は思わず驚愕した。

「彼女が正式な聖女に登録されたのが八歳!?　早くないか？」

「元から聖女としての才能には恵まれていたようですな。修道院に引き取られたのは三歳の時。その時にはもうマナの才覚が開花していたとのこと。それより前の経歴は不明です。もう少し調査に時間を頂戴したく存じます」

——本当に天才だな。

生まれつき天賦の才を持った少女の出生。気にならないといえば嘘になるが、三歳以前となればノイシャ自身も記憶にないことだろう。セバスはそれこそ俺なんかよりとても有能な男だ。その点に関しては任せるほかない。

「ご苦労。それで、今日追加で依頼した分は？」

「ひとまず今日のことが教会にバレることはないかと。遅れて派遣されてきた聖女のひとりを買収しました。喜んで、彼女の成果として報告すると……まったく。その後の苦労も考えず、笑いを堪えるのが大変でしたよ」

その黒い笑みに、俺は口角を上げる。

「その顔はノイシャに見せるなよ。嫌われても知らんぞ」

「おや、失敬」

そして軽く咳払いをした有能な執事は、少しだけ表情を落とした。

「ただ……やはり人の口に戸は立てられぬものですから。いつ、どのように司教が噂を聞きつけるか。残念ながら、件の聖女とノイシャ様は同じくらいの年齢とはいえ、とても似つかぬ見目でしたからな」

——言われなくとも。

わかっている。だけどわかっていることほど、言われたくないものだ。

俺は頬杖をついて、そんな不安を零す。

「やはり、ノイシャを連れ戻しに来るだろうか」

「おそらくは。すでに下水道の件だけでなく、教会の運営のあちこちに綻びが出ているようです」

「そうか……」

ノイシャが抜けた分の穴埋めをしてくれる人材がいないことが如実だ。天才の彼女が過重労働していて埋めていた穴は、それだけ大きかったということ。ならば瓦解を防ぐために、再びノイシャを引き戻そうとする――プライドがないやつほど、簡単にそう結論付けるはずだ。

そんな教会に戻るくらいなら……。

「その前に王族に引き渡した方が、ノイシャのためになるのだろうな……」

教会も国を保持する組織のひとつである以上、公爵家とて悪事の証拠もなく強硬に出られる相手ではない。むしろ『民草の生活のため』と言われれば、かえって無理ができないというもの。だけど、保護する相手が『国』そのものであれば。いくら教会とて、大きく出られるものではない。

――だったら、俺がとるべき選択は……。

「だいぶ名前で呼ぶことに抵抗が少なくなりましたな」

嘆息する寸前にそのようなことを言われ、思わず喉から変な音を鳴らしてしまう。それを誤魔化しながら、俺は軽口を吐いた。

「一番最初に名前で呼んだの、実は俺なんだぞ」

ふと零れた、彼女への呼称。

ただ、彼女があまりにもビックリした顔をしたから。慌てて、せめてと敬称を付けて。それからはなんだか名前で呼ぶのが恥ずかしくなってしまったのだ。

だけど今日、彼女から初めて名前を呼んでもらった。

――リュナン様、か。

ずっと保留にしていた、呼ばれ方。

あの時の彼女の気持ちが少しわかった。たしかにいきなり名前を呼ばれるとビックリする。

その鼓動の速さは、まるで恋した時と同じように。

だからこそ、俺の軽口はまるで自慢しているように聞こえてしまったのだろうか。

そうセバスを窺い見るも、彼は少し眉根を寄せて微笑んでいた。

「私もコレットも、最終的には旦那様のご判断に従いますが――くれぐれも後悔する選択だけはなされませぬよう」

「有難いようで、手厳しい気遣いをどうも」

「嫌味じゃございませんよ。ただ、貴方様がどのような無謀な決断をなされても、我々は貴方に従順な手駒だということです」

――あのコレットが？

そんな嫌味を返す気にならなかった。

セバスの言葉が嬉しいのと同時に、とても重かったから。

「そりゃ頼もしい」

決断の時は、きっとそう遠くない。

第三章　お友達の家に遊びに行きます！

「いよいよ明日ね！　いっぱいお菓子を用意しておくから、お腹空かせて来てちょうだいね！」

「はい……楽しみにしています」

そうして今日も、旦那様に「行ってらっしゃい」をして。

明日はラーナ様のお屋敷に遊びに行く日。

一日のお仕事を終えた私は存分にぐーたら……せず、ここ数日はずっとそわそわしっぱなしだった。

「コレットさん、コレットさん。どっちのワンピースがいいと思いますか？」

「どっちでも可愛いですよ～」

「あっ、お土産というのも必要なんですよね！　うわぁ、どうしよう……貴婦人に私がお土産……あっ、リバースドールの遺物再現品なんかどうですかね？　何か不幸があった時に身代わりになってくれる人形のことなんですけど――」

「なんか国宝級の代物が出来上がりそうなので却下！」

色々バタバタしていた気がするけれど……でも全部がすごく楽しかったから、毎日とっても元気いっぱいだったの。


そんなこんなで、いざ当日っ！

今日の御者はヤマグチさん。セバスさんもコレットさんも、今日は親子水入らずで予定があるんだって。そんな馬車の中で、私は震えていた。

「ガクガクぶるぶる」

「なぁ、ノイシャ。そんなに緊張しなくていいんだぞ？」

「ガクガクぶるぶる」

「しかも、それを口で言うやつは初めて見た」

「えっ？」

私は言葉を止めて小首を傾げる。

「口で言っていれば緊張が紛れるって言いませんか？」

「『緊張している』などという事実を言葉にすることで……という精神コントロールは有名な話だが、擬態語をそのまま口にしている人はあまり見ないな」

「……しょんぼり」

ラーナ様たちのお屋敷は王都に行くよりも近いらしい。

旦那様のお屋敷と同じく、ラーナ様のご実家であるトレイル家の別邸。そこには旦那様も昔からよく遊びに行っていたという。

そんなお屋敷はやっぱり旦那様のお屋敷と同じくらい大きくて。

しかしお庭の様子など、どことなく雰囲気が違う。どちらかといえば、こちらのお庭の方が昔ながらの庭園って感じだ。セバスさんのお庭は異国風だからね。同じお貴族でも、やっぱりお家によって雰囲気というものは変わるみたい。

だけど古き良きお屋敷で出迎えてくれるラーナ様方はいつも通り眩しかった。

バルサさんの服装はあまり変わらないけれど、ラーナ様は本当のお姫様みたいなの。山吹色のワンピースがとても良く似合っている。私も桃色のドレスを着てきたのだけど……やっぱり似合っていないんだろうなぁ。

服装は違えど、ラーナ様の笑顔はいつも通り太陽みたいだ。

「いらっしゃい！　どうぞ気兼ねなく寛いで。今日は使用人も少なめにしているから」

わわっ、これでも少ないの？

ラーナ様とバルサ様の後ろに、お辞儀している人たちが十人以上いるけれど!?

声を出さずに驚いていると、旦那様が苦笑した。

「うちが極端に少ないんだ。これが普通」

そんな旦那様が私の背中にそっと手を当てる。

これは合図だ。

――さぁ、仕事を始めよう。

私は頭を切り替えて、ラーナ様に向けてたくさん練習した微笑を向けた。

「今日はお招きありがとうございます。こちら、気持ちばかりではございますが……」

「あら、お気遣いありがとう。中身は何かしら？」

「アイスです！」

手提げかばんを渡した途端、ラーナ様の笑顔が少しだけ曇った。憂慮するのは当然だろう。ここまで運んでくる間に普通なら溶けてしまうもんね。

だけど、そこは心配無用！

私は笑顔を続けながら説明する。

「そのかばんにはマナの式を埋め込んでありまして。中はずっと冷たい状態になっています。あと一週間くらいは溶けずに美味しく食べられる状態かと」

「一週間!?」

「はい。そのあとはまたしばらく冷やしておいていただければ、何度も同じように使えるかと思いますので。そちらのかばんごとお土産としてお受け取り――」

「いやいや待って待って待って」

私の話の途中で、割って入ってくるのはバルサ様だ。

なんだか目をギラギラさせて、ラーナ様に渡したかばんを掲げている。

「本当だ……ひんやりしている。再利用が可能な保冷バッグなんて……特許とって量産したら大儲けだぞ？　いや、これ一個だけでも一体いくらの値が付くか……」

なんか、そんな観察されると……ちょっと緊張する。

大丈夫かな？　マナの式、綺麗に描けているかな？

ちょっと我に返りつつバルサ様の反応を待っていると、旦那様がため息を吐かれた。

「俺は止めたんだがな。どうしても一番美味しい状態のうちの料理人のアイスを食べてもらいたいと言って聞かなくて。だからそのかばんはここだけの物にしておいてほしい」

「くそぉ。大儲けのチャンスが……!!」

自身の太ももを叩いて本気で残念がるバルサ様。バルサ様は商家のご出身とのことだから、きっと商売のチャンスを逃さない、ということなのかなぁ。真面目だなぁ。

そしてひとしきり悔しがったあと、私の肩に手を乗せてきた。

「ノイシャさん。大儲けがしたくなったら、いつでも相談してくださいね。相談料は友達料金にしておくんで」

「は、はい……覚えて――」

おきます、と最後まで答えるまえに。

バルサ様の手を、旦那様が摑んで持ち上げていた。「痛いって」とバルサ様に文句を言われて、ようやく捨てるように放す旦那様。その顔はとても不機嫌そうだ。

あ、そうか！　私も公爵家の夫人ってことだから、私が大儲けを考えるってことは、公爵家の今の財力に不満があるってことになるもんね！　それはとっても失礼だ。こんなにも毎日良くしてくださっているのに……。

慌てて旦那様に謝ろうとするも、その様子を見てクスクスと笑っていたラーナ様が話しかけてきてくれる。

「ノイシャさんはアイスが好きなの？」

「えっ……はい。アイスが一番好きです。でもプリンも好きです」

「ふふっ。今日はクッキーもケーキもたくさんあるわよ。いっぱい食べていってちょうだいね」

そう言って「じゃあこっち」と先導しようとしてくれるラーナ様。私はワンテンポ遅れて「ありがとうございます」とお礼を言ってから付いて行く。

――何回やっても、なかなか『らぶらぶ奥さん』は上手く行かないなぁ。

難しい。今までで一番難しいお仕事。

それでも私は諦めないぞ！

すべては幸せぐーたら生活のために!!

こっそり意気込んでいたら、旦那様が耳打ちしてくる。

「……ノイシャ。素が出てるぞ。こぶしは下ろせ」

「あっ、すみません」

三分以上の長丁場は、やっぱり少し大変そうだ。


それはまるでお菓子の花畑だった。

ケーキにクッキーにプリンにゼリー。お口直しの三角サンドイッチや一口サイズのパスタが、お城のような金属細工に盛り付けられている。ここが中庭のあずまやという場所の相乗効果もあるだろう。ここが天国だといわれても、私は何も不思議じゃあない。

思わずお仕事を忘れて観察していると、ラーナ様が旦那様に苦言を呈していた。

「ちょっと……アフタヌーンティーも出してあげてないの？」

「俺がこんなチマチマしたものを好むと思うか？」

「あなたの奥さんがこんなにも喜んでいるのだけど」

それに旦那様は「コレットに言っとく」と不貞腐れて。

──しまった！

これじゃあ、コレットさんがおやつを出してくれていないみたいになっちゃうのかな!?

いつもお茶やお菓子は当然もらっている。だけど最近は毎日究極のアイス作りの研究をヤマグチさんら三人でしていたから、他のおやつを食べる暇がなくて……。

それをどう説明しようか悩んでいると、バルサ様が「うっま！」と叫んだ。

「ちょっとラーナもお土産のアイス食べてごらんよ。めちゃくちゃ美味いよ!?」

「あら、ごめんなさい。ノイシャさん、いただくわね」

「あ、はい。どうぞ……」

お土産の評価で訪問者の価値がわかるって、礼拝者の貴婦人から聞いたことがある。

だからドキドキとラーナ様の様子を窺い見てると、スプーンを咥えた瞬間、ラーナ様の目が大きく見開かれた。

「まあ！　本当だわ。桃味なのかしら？」

――よかったぁ！

ほっと胸を撫で下ろす。やった、やったよヤマグチさん！　帰ったらお礼言わなきゃ。コレットさんは『当然ですよ』くらい言っちゃうのかな。楽しみだなぁ。

アイスをパクリ。桃のアイスは甘いんだけどまろやかな酸っぱさもあるから、いくらでも食べられちゃう。そうして疲れを癒していると、ラーナ様が私の横に座る旦那様に半眼を向けていた。

「ちょっとリュナン。あなたは何か反応ないの？」

「反応と言われても……アイスはアイスだろ」

「もう本当にあなたは面白みのない……こんなくちどけのいいアイスなんて、王宮でもご相伴にあずかれないわよ？　しかも桃をアイスにするなんて珍しさもあるわ……あなたの家の料理人は国一番のドルチェを作れるといっても過言じゃないんだから!?」

「そんな大げさな」

旦那様も甘い物はお好きらしいとのコレットさん談。

だけど一緒にアイスを食べるのは初めてだから、できれば喜んでもらいたかったんだけど……。

旦那様はこちらを見ず、もくもくとアイスを食べ進めながら言った。

「でもこれ、三人がずっと毎日研究していたというやつだろう？　あちこちの産地のミルクなどを取り寄せてたと思ったが？」

そうなの。そうなのです！

この話の流れは……説明するのが自然だよね？　お披露目していいよね!?

「はい。ミルクや生クリームは産地ごとに乳脂肪分が異なりましたので。混ぜる材料ごとに違うものを使用させていただいております。ちなみに凍らせる温度にも気を使いまして、ゆっくり凍るようにして、ようやく生クリームのようなくちどけ感を提供できるようになりました」

ちなみに含有脂肪分が高いと、なかなか凍りづらくなるからそこも微調整が必要だった。

温度の違う保冷庫を三か所に作って、旦那様に呆れられたのは最近の話。使っていない客間を保冷庫にしたいと言ったらさすがに渋られたので、ヤマグチさんと専用の箱を作ったの。持ってきた保冷バックはその応用でできたもの。

私がペラペラと語れば。ラーナ様は少し啞然としてから、ニコリと微笑んでくれた。

「ノイシャさんは研究熱心なのね」

「そう……ですかね？」

隣の旦那様に視線を向ければ、アイスを食べながらこくりと頷かれる。

「もっとぐーたらしてくれてていいんだけどな」

「ぐーたら……してますよ？　ただ屋敷の本は全部読み終わってしまっただけで」

「は？」

青い目を丸くした旦那様が、乾いた笑いを浮かべていた。

「全部って……ノイシャの部屋の本、てことだよな？」

「いえ？　屋敷全体の本です」

「だって三百冊以上はあるぞ!?」

コレットさんに聞いたところ、リュナン様のご両親が本好きということで、ご実家で置ききれない分が倉庫代わりに置かれているらしい。そのお話通りの蔵書量でしたが、私も一日何時間もの読書時間がありましたので。一か月持たず、あっという間に読破してしまった。

旦那様のみならず、ラーナ様もバルサ様もスプーンを動かす手が止まってしまっている。

あれ、なんか変なこと言っちゃったのかな？

私がどうしようか考えていると、ラーナ様はまた笑顔で質問をしてきてくれた。

「その中で好きな本はあったのかしら？」

「そうですね……『世界の三ツ星デザート図鑑』は全部美味しそうでした」

「ほんと食い意地が張ってるよな……」

顔を片手で覆った旦那様が「今日の服もアイスをイメージして選んだらしい」と付け足せば、ラーナ様が「可愛らしいじゃない」と褒めてくださる。えへへ、このワンピース気に入ってたから嬉しい……。

そんなラーナ様が、また私に質問してきてくれた。

「物語のようなものは読まないの？　レッドラ夫人は恋愛小説を好んでいたと記憶しているけど」

「あっ、ありましたよ。『百日後に死ぬ令嬢』の話は興味深かったです。ドーナツがとても美味しそうでした」

「ふふっ、他には？」

「あと『おつかれ聖女』の話ではお鍋が美味しそうでしたね。香辛料が効いているということだったから、寒冷地だったのでしょうか？」

「ちょっと描写が足りなかったけど、鹿鍋ということだからそうかもしれないわね」

わぁ、すごい！　なんか私自然とラーナ様と話してる!!

おしゃべりだ！　これがおしゃべりってやつだよね！　と内心興奮していると、旦那様が小首を傾げていた。

「ラーナも読んだことあるのか？」

「ええ、勿論。流行りの小説なら全部目を通しているわよ。社交界のいつどこで『男のフリして働いているから』と、夫人らに足元見られるかわからないからね？」

アイスを食べ終わったラーナ様は紅茶を一口。優雅にカップを置いてから、目を伏せられた。

「私も『百日後に死ぬ令嬢』の話は好きね。ラストがとても印象的だったわ」

「海で再会したシーンですよね」

「そうそう。でも……最近読んだ小説の中で、いちばん主人公が嫌いかも」

――えっ？

予想と逆の言葉に、思わず声を詰まらせてしまう。

だけど、ラーナ様は何食わぬ顔で小さなサンドイッチに手を伸ばしていた。

「次期王妃となる令嬢として。百日で死ぬ運命を受け入れた少女として。その生き様は一見カッコイイのかもしれないけど……与えられた人生そのままを受け入れるというのは、いささか子供すぎるんじゃないかしら」

そしてサンドイッチで口元を隠してしまうから。

笑っているのか、怒っているのか、私からは表情がわからなかった。

「自分の人生は自分で切り開くものよ。たとえどんな苦難があろうとも、ただ弱音を笑顔の裏に隠したまま耐えるだけなんて、根性なしの子供がすることだわ」

「――ラーナ」

そんなラーナ様に声をかけるのは、リュナン様。

隣を見やれば、旦那様の表情がいつになく険しい。それにラーナ様は肩を竦める。

「あら、ごめんなさい」

そしてサンドイッチを食べてから。ラーナ様は膝を払った。

「そうだ。ちょっとリュナンを借りてもいいかしら？　仕事のことで相談したいことがあるの」

「仕事？」

「ええ、ちょっと公《おおやけ》にできないことで」

仕事という単語に、旦那様の眉が跳ねる。そしてちらりと私を見てから「仕方ない」と腰を上げた。それに満足げに頷いたラーナ様が、未だアイスをちびちびと食べていたバルサさんに声をかける。

「バルサ。ノイシャさんのお相手、頼んだわよ？」

「え？　まぁいいけど……」

「それじゃあ、リュナン。こっち」

一足先に、部屋から出ようとするラーナ様のスカートの揺れがとても綺麗だった。

それに見惚れていると、

「それじゃあ、少しだけ行ってくる」

旦那様は私の色の残った一房をそっと持ち上げてから、ラーナ様のあとを追う。

「……二人になっちゃったね」

「…………はい」

そして、私はバルサ様と二人であずまやに残された。

お互いじーっとしばらく見合って。先に動いたのはバルサさんだった。

「えーと、改めてノイシャさん。僕はバルサです。元商人の息子です」

「はい、ノイシャです。元聖女です」

ニコニコとしてくれるから。私もニコニコしてみる。……ちゃんと笑えているかな？

バルサ様とこうして顔を見合わせて会話をするのは初めてだ。いつもラーナ様がたくさんお話してくれるからね。バルサ様も決して寡黙なひと、というわけではなさそうだけど。

なんだかお互い気まずい中、バルサ様がわかりやすく気を使ってくれた。

「ノイシャさんは……教会にいた頃はどんな生活してたの？」

「えーと……働いてました」

「ずっと？」

「ずっとです」

「そっか……さっきはラーナがごめんね」

――なんで、ラーナ様がごめんね？

いきなり謝罪されて目を瞠っていると、バルサ様が「あっ、気づいてないならいいんだ」と自身の赤い髪の端をくるくる指で弄ぶ。

そして紅茶を一口飲んでから、再び世間話を投げかけてくれた。

「働いていた時のことって、どのくらい覚えている？　たとえば懺悔に来た礼拝客の話とか」

「ほとんどすべて覚えてますよ……バルサさんが来た時のことも」

「あ、やっぱり覚えてるんだ」

——そう、これは世間話。

話慣れない二人が、とりあえず場を繋ぐためにする話。

——それで、いいんだよね……？

私はあちこち忙しなく動くバルサ様の視線をなんとなく追いながら世間話を続けた。

「……たしか、ご友人が好きなひとを好きになってしまった、と」

「そう。本当にノイシャさん、頭いいんだね」

毎日何人もの話を聞いていたのにね。そうバルサ様は褒めてくれるけど。

命令ではなく、私とまともにお話してくれるのは——たとえ区切られた空間でお互いの顔が見えなくても——懺悔に来た礼拝者だけだったから。

私もちゃんと人間なんだなって、そう思える貴重な時間だったの。

だから、バルサ様のこともよく覚えていた。

『大事な友人が好きな人を、好きになってしまったんです……』

そういった恋のお話はよく懺悔室で聞いていた。

私はただ聞くだけ。懺悔とは、自身の中にわだかまる後悔を吐き出すことだから。

だけど、たまに懺悔の意味を履き違えるひとがいる。バルサ様もそのうちの一人だった。

『僕は……どうしたらいいのでしょうか……？』

――それを私に聞かれましても……。

聖女はただ話を聞くだけ。なにか質問したとて、それは相手の話を促すためにするものだ。

どんな悪いことを告げられようとも、諭すなんて厳禁。自分の意見を言うなんて以ての外。

そんな言わば壁役の私に訊かれたとて。しかも恋愛とか、ましてや三角関係なんて無論私には経験のないこと。だから、私も困ることしかできなかった。

『どうしたらいいんでしょうねぇ』

『え、それを僕が訊いているんですけど!?』

『それは存じているのですが……』

懺悔室は、決してお悩み相談室ではない。

だけどここで怒らせてしまうと、あとで私が司教様から鞭で打たれてしまうから。

私はなんとか言葉をひねり出す。

『あなたは……その好きな女性とどうなりたいんですか？』

『どうって……そりゃあ付き合いたいし、いつかは結婚とか……』

『ご友人の方も同じなのでしょうか？』

『う～ん。直接腹割ったわけじゃないけど、多分そうなんじゃないかなぁ？』

『お二人でその女性を分け合う、というのは難しいんですかね？』

『なにその背徳的な選択肢!?』

あの……はい。ですよね。不貞行為が許されるのは神のみですもんね。

うーん、分けられないのなら……私は指で見えない三角を描きながら口も動かしていた。

『だったら、その女性に選んでもらうしかないんじゃないでしょうか？』

『いや、まぁ……うん。それはそうなんだと思うんだけど』

『じゃあ、やっぱり三人で仲良く――』

『だからそれはダメでしょ！　聖女様は欲求不満なの!?』

――欲求不満？

欲求……私は何か欲を求めているのだろうか？　しいてあげるとすれば、好きなだけ寝てみたいとか？　美味しいものを苦しくなるまで食べてみたいとか？

でも、多分今はそういうことじゃないので。相手に見えないけれど、私は小首を傾げる。

『ダメ、なんですか？　三人でずっと〝おともだち〟でいるのは』

『あ…………その、早とちりしてしまい、すみません』

『あの、いえ……私の方こそすみません』

相手に見えなくても、頭を下げる。なんか癖。

だけど返ってきた声は案外明るくなっていた。

『うん……でも、やっぱりダメなんだろうな』

そう苦笑したと同時に、立ち上がる雑音が聞こえてくる。

『聖女様、ありがとうございました。僕、ちゃんと二人にぶつかってきます！』

懺悔室の不思議なところは、なんだかわからないうちに、相手の悩みも解決してしまうところ。

そうしてそのひとが帰り、次のひとが入ってくるわずかな時間。私は少しだけ肩を楽にする。

——欲求不満かぁ……。

人間には大きく三つの欲があるという。

食欲・性欲・睡眠欲。

その三つが満たされていれば、人間は幸せでいられるらしい。

恋愛はおそらく性欲に属するもの。私とは無縁だ。

つまり——食欲も睡眠欲すらも欠けている私は多分きっと不幸なのだろう。

——不幸、かぁ……。

そう言われたとて、この暗い世界しか知らない私はどうすればいいのか。

――だって、今も生きているし。

その日も、次の日も、そのまた次の日も。

不幸すら知らない私は、ひたすら他人の懺悔を聞く。


初めてお会いした日に〈あのひと〉だって、もちろん声で気が付いていたの。

その時のお話の登場人物は――もちろん推測しようと思えばできたんだけど。

私は考えなかった。だって、考えたって関係のないことだから。

私は旦那様に買われた身。旦那様にどんな事情があったって、私には関係ないこと。

関係があってはいけないこと。

「ちなみに、その時の話ってノイシャさんの中だけにとどまっているのかな?」

「それは……旦那様に話したか、とお尋ねになりたいのでしょうか?」

「うん。まぁ……そんなとこ」

「旦那様には話していません」

バルサ様の不安に端的に答えれば、彼はわかりやすく安堵の顔をしている。

あまりにほっとしているから……ちゃんと事実は教えておくべきだろうと判断した。

「ただ……正直なところ、懺悔中の話は聖珠《せいじゅ》にすべて記録してありますので。司教様が見ようと思えば、いつでも見られるようになっています」

「え、教会の懺悔室ってそんなシステムだったの!?」

「はい、定期的に早回しで私が内容の確認もしておりました」

コレットさんをいじめていたマチルダさんたちを鏡に録画した奇跡と同じ術式だ。ただ聖珠は純度の高い水晶で出来ており、銀製の鏡よりさらにマナが通りやすい。そのため残した映像は半永久的に、そして長時間保存できている。

「まぁ、あまり公《おおやけ》にはしないでいただきたいことですが」

ただバルサ様が驚いた顔をしているように、懺悔は秘匿でその場限りだからこそ、人々は心の内を曝け出せるわけで。司教様曰く、区切りはあるとはいえ密室である以上、中で何が起こるかわからないと――私たちを守るために録画しているとおっしゃっていた。

そして、いつ如何なる場所で冒瀆者が出現するかわからないからと、教会内の各所にも設置してあった。ゆくゆくは王都全域に設置するよう働きかけていたみたい。

まぁ、それは今は関係のない話なので。

現にバルサ様も録画のことはあまり気に留めていないご様子。

「でも……ありがと。リュナンに話さないでくれて」

そう、感謝を告げてきてくれるから。

「話す必要が……ありませんので」

私は大したことしていない……というか、何もしていないのに。

心がほっこりしてしまう自分がなぜか恥ずかしい。

だから、ついつい口が滑ってしまう。

「そのあと、教会の裏で旦那様と話していたこともありましたよね？」

「あれは……絶対にラーナには言わないでくれる？」

ますます慌てだしたバルサ様に、私は苦笑した。

「もちろんです。聖女には守秘義務がありますので」

「でもよく覚えているよね？　しかも早回し？　なんでしょ？」

「本を読むのと一緒です」

そう答えると、クッキーを一口齧ったバルサ様が手を打つ。

「あ～なるほどね。さっきの本の話から、速読ができるんだろうなとは思ってたけど。それも速読技術の応用か……すごいね。ねぇ、お城で働いてみない？　できたら僕の下に付いてくれるととても助かるんだけど」

――お城で、働く……？

それはおそらく、すごく光栄なお誘いだと思うんだけど……。

だけど、ひとつの疑念から私は小首を傾げる。

「私……三分以上働くと倒れるんですけど、大丈夫ですか？」

「三分？」

「はい……昔は、もっとずっと働けたんですけどね」

なんせ睡眠時間の二時間以外、ずっと働きどおしだったから。だけど今は、三分気を張っているだけで疲れてしまう。我ながら……ずいぶんと情けなくなっちゃったなぁ。だから『聖女』ではいられなくなってしまったのだろう。

それに、バルサ様がお腹を抱えた。

「ははっ、三分じゃあ城で働くのは無理だ！」

――本当ですよね。

笑い飛ばしてもらえるのが、とてもありがたい。

もう、聖女じゃない。

それがずっと、心に穴が空いてしまったように寂しい気持ちだったから。

――だけど……。

私はぬるくなった紅茶をいただいてから、おずおずと視線を上げた。

「あの、差し出がましいとは思うのですが」

「ん？」

私は聖女じゃない。それは旦那様との契約書に記してあること。

聖女じゃないなら……もう自分の意見を言ってもいいんだよね？

コレットさんみたいに、言いたいこと言ってみてもいいんだよね？

「ラーナ様はとても素敵な女性だと思います。私は短い付き合いですが……旦那様もバルサ様も、惹かれて当然だと思います」

バルサ様は何も言葉を返してくれない。

わわっ、やっぱり私なんかが余計なこと言ったらダメだったのかな!?

だけどここで止めるのもおかしい気がして、私は最後まで早口で捲し立てる。

「だけど、ラーナ様が惹かれたのはバルサ様だった。ただそれだけだと思います！」

「……うん」

「それだけなんです。失礼しました……」

頭を下げれば、バルサ様は「ぷっ」と噴き出してから目の端を拭っていた。

「僕は……リュナンに引け目を感じなくても、いいのかな？」

「それは私にはわかりません。旦那様も素敵なひとですから」

どっちの方が素敵かなんて私にはわからない。少なくとも、こうして嫌な顔ひとつせず私なんかの話を聞いてくれたバルサさんもいいひとだし。

――旦那様……リュナン様は――

ふと思い浮かべるのは、泥だらけになって懸命に働いていたお姿。

あの凜々しい横顔が……私は何を考えているのだろう。

それを誤魔化すために、私は言葉を続けた。

「バルサ様も素敵なひとですよ。なんせ、ラーナ様がお選びになったんですから」

「ははっ。なんか……心が軽くなったよ。さすがは聖女様だね」

「元聖女です。今は旦那様のらぶらぶ奥さんです」

あっ、いけない。らぶらぶ奥さんは契約書内のことだから、言ったらいけないんだよね。

やっぱり長丁場はしんどいけれど、心の中で自分の頬を叩いていると。

バルサさんは私の失言なんか気にせず、とてもやさしい顔を向けてくれていた。

「そっか。最初はリュナンが身請けしたと聞いてとんでもないと思ったけど……君みたいなひとがリュナンのそばにいてくれてよかったよ。さすが運命の相手だね」

――運命の相手?

何のことかわからず、思わずまばたきしていると。

バルサさんが驚いた様子で小首を傾げていた。

「え?　ラーナが言ってたよ。リュナンの初恋の相手は命を救ってくれた聖女だって」

ラーナと二人きりで話す機会はあまりない。

先日のように仕事中の空いた時間で顔を合わせることはあるが、職場以外の場所ではめっきりなくなった。それも当然だろう。彼女は他の男の妻になったのだから。

だから彼女とまともに話したのは、あの時以来だろう。


『ラーナはバルサのことが好きなのか？』

『いきなり呼び出されたかと思ったら、まさかそんなこと？』

たまたま俺が一日休みになって、ちょうどラーナも休みだと聞いて。たまには茶でも一緒に飲むかと屋敷に呼んで。いつものラーナの一方的なお喋りの合間にそんなことを聞いてみれば、ラーナが紅茶を噴き出しそうになってしまった。

それでも、ラーナは口元を拭いてから挑発的に笑う。

『そうあなたが訊くってことは、バルサに何か言われたの？』

『………』

ラーナは昔から察しのよい女だ。それでもそれを伝えるわけにはいかないから茶を飲んで誤魔化していれば、彼女が小さく笑う。

『仮に、私とバルサがくっついたらどうする？』

『どうって……祝儀は何がいいか聞くかな』

『あら、あなたはそれでいいの？　私はリュナンとバルサがくっついたら寂しいわよ？』

『くっつくわけがないから安心しろ』

彼女の軽口への切り替えしは容易いものの。

――いいわけないだろう。

俺とラーナはお互い大貴族の嫡子同士。さらにラーナは世にも珍しい女当主になるべく、過酷な環境の中で日々戦っているんだ。それらをすべて捨てて、俺の元に嫁いで来いなど。逆に、公爵位の地位を捨てて侯爵家の婿になるなど……俺にはできないから。

俺は軽口の延長の体で、肩をすくめた。

『いいも悪いも……大切な友人が二人揃って幸せになるんだ。これほどめでたいことはない』

『そう……わかったわ』

その日は何となく会話のペースが落ちて、自然とお開きになった。

ラーナとバルサの婚約が告げられたのは、その一週間後のこと。


それから久しい、職場以外でのラーナからの誘い。

ラーナに連れて行かれたのは、書斎部屋の一室だった。

窓の外に先まで居たあずまやが見える。ノイシャはバルサと二人きりのまま、何かを話しているようだ。早く戻りたい。

だって、ラーナの用件は明らかに仕事とは別なのだから。

「さっきのは何なの？　ノイシャさんが一生懸命作ったなら、もっと美味しそうに食べてあげれば――」

「美味かったさ」

その文句を、俺は最後まで聞かずに遮る。

あのアイスが美味い。そんなこと、毎晩夜食に出されていたから知っている。たとえノイシャがもう寝ていたとしても、セバスから毎日聞かされていたんだ。今日はどこどこからミルクを取り寄せただの、とうとう生クリームまで自作しだしただの。このまま酪農まで始めてしまうのではという楽しげな様子を、毎晩聞きながら食べるアイスはとても美味しかった。

しかも、なぜ桃味かと訊けば――俺の髪色が桃色だからという。旦那様のことが好きなお友達だからこそ、桃味もお好きなのではないかと……なんという理屈だ。どこからそのこっ恥ずかしい発想が出るのか小一時間問い詰めてやりたかったが、ノイシャがあまりにも自信に満ちた顔で言ってくるものだから、俺は何も言えなくなってしまったんだ。もちろん、コレットやヤマグチが止めてくれるはずもない。

三人がそこまで熱中して作り出したアイスが不味いわけがない。

「だったら――」

「ラーナに言われる筋合いはない。夫婦の問題だ」

だけど、それをラーナの前で言うのは憚られた。

本来の目的通りの溺愛を見せつけるなら、これでもかと絶賛し、俺が自慢するのが筋なのだろう。

それでも……そんな幸せな日々を、なぜか彼女に見せつける気になれない。

――まだ俺はラーナを……?

――それとも、俺は……。

ラーナは少しだけ視線を落としていた。

「……そうね。よその……しかも旦那の女友達が、家庭の事情に口を挟むものではないわね」

そう、今はラーナは別家庭の女亭主。

そんな女に、俺こそ文句を言わねばならないことがある。

「それよりも、さっきのラーナの言動に俺は苦言を呈したいのだが」

「私の?」

――しらばっくれやがって。

こういう時ほど腹立たしい。その聡明さは、昔と何も変わらないけれど。

「ノイシャがどんな境遇で教会にいたか、話さなくても察しているだろう?」

「だから言ったのよ」

誤魔化せないとわかれば、きっぱりと認める。

そんな胆力も、ノイシャとはまるで違う。彼女はれっきとした貴族の女だった。

「リュナンの奥さんだから？　そりゃあ私も仲良くしたいし、仲良くするつもりよ。それに悪いひとじゃないとは思うし。健気で可愛らしいんじゃないかしら？」

長い枕詞のあとで、彼女がどこからか取り出した扇で口元を隠す。

「でも、私は嫌い」

吐き捨てた言葉は、扇を貫くほどに鋭い。

「不遇な境遇に耐えた自分が可哀想？　そんな自分が可愛い？　自分の人生を自分で切り開く気もないような、男の後ろに隠れているだけの女は嫌いよ」

そして、俺を見上げる顔は明らかに嘲笑だった。

「ま、そういう女を男が好むってのも知っているけど？」

「何が言いたい？」

「別に、何も？」

——なんでこんなに機嫌が悪いんだ？

毎朝毎朝、ノイシャにはあんなに楽しげに話しかけていたのに。

そもそも、今日彼女に遊びに来るよう誘ったのもラーナだ。その上で『嫌い』などと……。別に、今日のノイシャの言動に彼女の気持ちを逆撫でることがあったようにも思えない。

だけどラーナ自身は、世にも珍しい次期女当主になるべく、不遇の中で常に戦っている女性で。俺に保護されているノイシャに嫌悪を感じているのだとしても。

「それを、俺に言ってどうしたいんだ?」

「あら。幼馴染に本音を吐露したらいけない?」

――初めから、彼女のことが気に食わなかったのなら……。

「俺は……聞きたくなかったよ」

嘆息交じりで本音を吐けば、彼女は「あんまり私に幻想を抱かないでよ」と肩を竦める。

その後、自嘲するように笑う瞳はどこか悲しげだった。

「私だって、ただの女なんだから」


その後、俺らに会話はなかった。

しばらく無言が続いたあと、「それじゃあ戻りましょうか」というラーナの一言で、再び移動したに過ぎない。引き続き会話もなく歩けば……そこかしこに思い出が浮かび上がる。

このトレイル家の別邸もまた、幼い頃からよく訪れていたからだ。

――俺はラーナに、どう思ってもらいたかったのだろう。

当てつけのように他の女を娶って……喜んでもらいたかったのか? 安心してもらいたかった? 嫉妬されたかった? それとも……。

その中で、ラーナがぽつりと話してくる。

「やっぱり、さすがのあなたも命の恩人は別なのね」

「命の恩人？」

俺に恩人と呼べる相手など……セバスやコレットを含めた家族を他にするならば、水難に遭った時に自分を助けてくれた目の前の女《ラーナ》くらいしかいないのだが。

「何を言っているんだ？　あの時助けてくれたのはきみだろう」

「ふふっ。そう言ってくれる善意は、素直に受け取っておくべきかしらね？」

そんなことを話しているうちに、ノイシャたちの元に戻る。

存外楽しそうな彼女たちの談笑風景に驚きつつ。そして少し嫉妬する自分に驚きつつ。

俺は平静を装って声をかける。

「何を話しているんだ？」

彼女はサンドイッチを食べていたのだろう。膨らませた頬をもぐもぐと凹ませてから、淡々と口を開いた。

「保冷バッグの有効活用法について議論をしてました」

「バルサ!?」

——ノイシャが天才聖女だと公になったらどうする!?

彼女の有能さが世間に知れ渡ってしまえば、即座に王家か教会から引き渡し要請が来ることは必然。そんな悪目立ちさせてたまるかと非難を口にすれば、何も知らないバルサは俺に顔を近づけて、指を見せてくる。

「大丈夫――利権はしっかりと六：四でどうだろう？」

「ど阿呆！」

俺がバルサを怒鳴る横で、ラーナが何事もなかったかのように笑う。


「あの、旦那様」

「なんだ？」

「私と旦那様は……以前どこかでお会いしたことがあるのでしょうか？」

ヤマグチさんはずっとお馬さんたちと一緒に待っていてくれた。コレットさんの前のみならず、基本的に人前が苦手らしい。そんなヤマグチさんはおつかれだろうに、再び文句ひとつ言わず御者を務めてくれている。

そんな馬車の帰り道で、私が質問すれば。

旦那様も嫌な顔ひとつせず、自然と首をひねってくれていた。

「身請けの前ということか？　正直、心当たりはないな」

「そうですよね……」

――やっぱりバルサ様の話は、何かの間違いだよね。

私は聖女になってから、治療したひとのことは全員覚えている。その中に旦那様がいれば、バルサ様と同じようにすぐに思い当たるはずだ。それを口にするかどうかは置いておいて。

聖女とて、私以外にも十何人もいたんだ。きっとラーナ様も誰かと勘違いしていたのだろう。

そう結論づけて、屋敷に戻って。

次の日も。そのまた次の日も。

私のぐーたらを極めるための日々が続く。

やはり、一番の大きな進歩は『ジャージ』を手にしたことだろう。

ごくらくだった！

伸縮性ばつぐんの着心地。どんな体勢をしても関係ないシルエット。ベッドの上でゴロゴロしようが、飛び跳ねようが、生地のどこも突っ張らない。

さすがは伝説の洋服、ジャージだ！

もうこれしか着られない！　もうこれを着て死にたい!!

やっほーいと思いのたけを叫んだら、旦那様に「ど阿呆！」と怒られたけど。

それでも急遽わがまま言って、全員の分を作ってもらったら、みんな揃って毎日ジャージを着てくれている。コレットさんは家事がしやすくなったようだし、セバスさんも汚れが落ちやすいからお庭いじりが捗ると喜んでくれた。ヤマグチさんは火が跳ねたら危ないからと、寝る時だけ着てくれているらしい。旦那様も……さすがにお城にゆるいシルエットのジャージは着ていけないからと同様。

なので今後は、お外にも着ていける防火性の高いジャージの開発を進めたいところなんだけど……その前に。私は今日もぐーたら時間に、紙に別の設計図を描こうとしていた。

だけど、なかなかペンが動かない。

う～ん。う～ん。

頭を捻らせていると、洗濯物を運んできてくれたコレットさんが声をかけてくる。

「ノイシャ様～。今度は何を作ろうというんですか？」

「えーと。抱き枕を作ってみようかと」

「抱き枕？」

桃色のジャージがとても似合っているコレットさんが小首を傾げた。

ちなみにジャージはみんな同じ色なの。旦那様をイメージした淡い桃色。アクセントに青いライン。それを旦那様に初めて見せた時、旦那様は顔を真っ赤にしていたけれど……なんやかんや、旦那様も寝る時には着てくれているとのセバスさん談。

「今の枕は寝心地悪いですか？」

「いえ、極上のふわふわ加減なのですが……こう、たまに腕が寂しい時がありまして」

そんなコレットさんに、私は何かを抱っこする仕草を見せた。

「毛布で色々試してみたんですけど、頭からこう抱きかかえるものがあったら、もっと落ち着けそうな気がするんですよね。できたら後ろからもすっぽり包んでくれる感触があれば最適なんですけど……」

その形が、どうにも上手くいかない。

前を重視すれば、後ろが心もとなく。逆もしかり。しかも寝返りを打つことを考えれば軽量化と自由度は必須で……と、唸っていれば、コレットさんが私の肩を叩いてくる。

「……ノイシャ様」

「はい、ノイシャです」

「旦那様と添い寝をしてみたらどうですか？」

「添い寝？」

添い寝とは、ベッドで誰かと寝るということ。

たしかに添い寝は赤子を寝かしつける時に親がする行為が主であるはずだから、安眠効果はとても高いはずだ。私は誰かと添い寝をした記憶がないので、それを一度経験してみるということは抱き枕開発にも役に立つだろう。

だけど、私は引き出しにしまってある紙束を取り出す。

「ですが、契約書には『閨事』はないと記載がありますので」

「それは、旦那様からは求めないってことですよね？」

——そうだったかな？

私は契約書の該当部分を読み返してみる。

閨事は一切行わないこととする。

特にどちらからと記載はないが、そもそも添い寝がしたいだけであって、そういう行為がしたいわけではない。この契約書に、そもそも『添い寝』に関する項目はないようだ。

「ノイシャ様から求める分には問題ないように思います。一見するにノイシャ様の求める構造は人体に近しいと思いますので。一度経験してみれば、その『抱き枕』なるものの妙案も浮かぶかもしれませんよ?」

「なるほど?」

だから、コレットさんの解釈はいささかズレているのだが。

契約書の内容は絶対だ。だけどそれに反しないのならば……ぐーたらを極めるための助力を乞うのもまた、私の義務のひとつであろう。

「では、今晩お願いしてみることにします」

なので早速、旦那様が帰宅して早々「一緒に寝たいです」とお願いしていたら。

「ど阿呆っ!!」

たっぷり固まっていたと思った旦那様に、今までにないくらいの大声で怒られてしまった。

こ、これはとうとう鞭で打たれる案件なのでは……。

久々のあのビリッとする感覚を覚悟していると、私をぎゅっと抱きしめてくれたコレットさんが旦那様に唾を飛ばしていた。

「旦那様サイテーです!! 女の子からのお誘いに『ど阿呆』なんて……さすがのコレットちゃんもその生真面目ど頭をスパーンッとカチ割りたくなりましたよっ!」

コレットさんが何言っているかよくわからないけど……コレットさんの腕の中はあたたかい……。

やっぱり、これを常時体感できる抱き枕は絶対に開発せねば、と心の中でこぶしを握っていると、旦那様が首の向きを変えていた。

「セバスも何か言ってくれ!」

「すみません。少々剣の手入れをしなければなりませんので」

そそくさと踵を返そうとするセバスさん。それに、旦那様は半眼を向けている。

「……ちなみに、手入れした剣で何をするつもりだ?」

「それは勿論、ノイシャ様を泣かす腐れ下郎を闇討ちするためでございます。いやぁ、かつて『鮮血の死神騎士《ブラッド・ネクロマンサー》』と呼ばれた血が騒ぎますな」

「おまえら親子は主人を何だと思っているんだっ!?」

ぜえはあと息をする旦那様のお耳がとても赤い。

コレットさんにぎゅうされっぱなしの私が枕を抱えてじーっと見上げていると。

旦那様はムスッと私を見下ろした。

「……風呂に入ってくるから、部屋で待っていてくれ」


「抱き枕ぁ？」

「はい。今度はこんなのを作ってみようと思いまして」

自室のベッドで待っていた私は、設計図案を旦那様に提示した。とりあえずアイデアを二つに絞ったのだ。ひとつは無難に真っすぐ抱っこしやすいやつ。もうひとつはU字型の首や肩周りを覆ってくれるタイプ。

「なので、本日は旦那様に枕役として添い寝していただきたく」

その設計図を見せながらそれぞれに生じるであろう利点と欠点を説明しようとすると、みんなとお揃いの桃色のジャージを着てくれている旦那様が深々と嘆息する。

旦那様の肌は湯上がりのせいかほんのり紅潮しており、髪もまだしっとりと濡れているようだ。

「……そんなことだろうと思ったさ」

「あっ、髪を乾かしましょうか？　お風邪を引いてしまいます」

「いい。どうせ奇跡を使うつもりだろう？　マナの無駄遣いをするな」

――旦那様が健康でいられるなら、無駄遣いじゃないと思うのですが。

少々ムッとするものの、旦那様は肩にかけたタオルでご自身の髪をわしゃわしゃ拭いて。私の設計図を片手にとってくれる。

「なるほどな。けど添い寝なら、コレット相手でも良かったのではないか？」

「あっ」

——全然思いつかなかった……。

コレットさんに旦那様に頼むよう助言を受けて、そのまま鵜呑みにしてしまった。

でも……改めて検討してみても……。

「それでも旦那様がいいです」

「どうして？」

「私の理想とする形が……旦那様に近い気がするので」

私は旦那様を見やる。ジャージ越しでもわかるがっしりとした肩回り。太い腕。緩めた襟元から覗く胸板。そんな肉圧に包まれることを想像するだけで、かなりの安心感を得られそうだもの。

だけど……なんかそれを言うのは恥ずかしいような……？

旦那様の顔を窺い見ると、旦那様の顔はさらに逆上《のぼ》せているようだった。

「まあいい。きみに『ぐーたらを極める』よう命じたのは俺だ——それで、俺はどうすればいい？」

「はい、ベッドに横になってください」

「……ああ」

ワンテンポ遅れてから、旦那様はもぞもぞとベッドの上で身体を倒してくれる。

私もその隣で横向きに寝そべってみた。

「後ろから腕を回してもらうことは可能ですか？」

「こうか？」

回された腕は想像以上に太かった。ちょっと触ってみるとやっぱり硬い。私の細くて棒のような腕とは大違い。腕の筋肉ってこうなっているんだね。硬いと言っても弾力もしっかりあって、血管が浮き出ている。手の方も以前繋いだ時にも思ったが、やっぱり肉厚。それでも指は一本一本節ばっており、だけど所々硬いのはペンだこと剣の柄を握る時の――

思わずそんな観察を続けていると、後ろから焦ったような声が飛んできた。

「ど、どうなんだ？」

「あっ、なんかやっほいな感じです」

背中を包まれる抱擁感。あたたかくて、適度な切迫感もあって……上手く言い表せないけれど、思っていた以上にほっとしてしまう。

その感覚を心の中にメモしてから、私は次のお願いをした。

「そちらを向いてもよろしいでしょうか？」

「もう好きにしてくれ！」

「ありがとうございます」

やっほい。自由にしていい許可がもらえた！

私はモゾモゾと方向転換する。腕を回したくても、私の腕が短くて上手く抱っこできなかった。

だから結局身体を丸めて旦那様の胸に額を押し付けてみる。

こないだの街の時とは違う、コロンの匂いがほのかにする。嫌いじゃない。

そっと旦那様が私の背中に腕を回してくれると、身体も心もすごくほんわかする。

すごくやっほいで、私は顔を上げた。

「この枕、好きです！」

「そりゃあ良かった」

「つまり旦那様そっくりの枕を制作してもらえばいいんですね！」

「いや、それは……なんか気持ち悪いからやめてもらいたい」

「がーんっ」

まさか却下されてしまうとは……。

ショックを受けていると、旦那様がお腹を震わせて笑う。こんな間近で旦那様のお顔を拝見するのは初めてだけど、笑うと目じりにしわができるらしい。

「本当に『がーん』というやつは初めて見た」

「……やっぱり私、おかしいですか？」

「あぁ、おかしいな」

そんな可愛らしい旦那様は「はぁ」と一息吐いてから、目じりを拭っていた。

「だから外ではやめてくれ。この屋敷の中だったら、いくら変でも構わないから」

「嫌じゃありませんか？」

人と違うことは、人を不快に思わせる。

私はそう司教様に教わっていたけれど、おかしい私を決して折檻しようとはしないらしい。

「あぁ。きみが俺に笑われて嫌でないのなら」

「嫌じゃないです」

――こんな旦那様の笑顔だったら、何回でも見たいから。

心がほんわかあたたかくなる。この感情をなんていうんだろう。

私が考えていると、旦那様が訊いてくる。

「なぁ、ノイシャ」

「はい、ノイシャです」

「……結婚式、したいか？」

少し硬い声音にそう問われて、私は思考を変える。

結婚式は私も何度も経験しているが、一日がかりの大変な式典だ。本番中の厳かな演出はもちろんだし、それ以外でも新郎新婦の支度場所の準備や参列客のもてなしや誘導など、そして後片付けまで、やることは数えきれない。新郎新婦にとって人生で一番幸せな日となるよう、裏方は朝から晩まで大忙しなのだ。

「結婚式は大変な式典ですよね」

「そう……だよなぁ……」

私の率直な感想に旦那様はぼんやりとした返事をする。まぁ、そうですよね。裏方の苦労なんて想像つかないと思います。でも、それでいいんです。結婚式は、新郎新婦の眩しい笑顔さえご披露できれば、大成功なんですから。

私が苦笑していると、旦那様が私を少しだけ抱き寄せた。

「それじゃあ寝るぞ。一晩寝てみないと、実際の寝心地がわかったとは言えないだろう?」

「はいっ!」


その夜、私は夢を見た。

どんな夢か思い出せないけれど、すごくすっごく幸せな夢だったと思う。


翌日。

元気いっぱいの私は今日も『らぶらぶ奥さん』がんばるぞ! と仕事に臨んだ時だった。

「今日はラーナ休みでさ」

「有給か？」

今日お迎えに来たのはバルサさんだけ。いつも賑やかなラーナ様がいないのはとても不思議な感覚で。それは旦那様も、バルサ様も同じみたい。

「いや、なんか熱があるんだって」

ラーナ様のいない朝は、いつもよりだいぶ静かだった。

それでも、私のするべきことは変わらない。

「行ってらっしゃいませ」

「あぁ、行ってきます」

私は『らぶらぶ奥さん』らしく、今日も旦那様を笑顔でお見送りをする。


——ラーナ様、お風邪かな。心配だな……。

何日か様子をみて、それでもおつらそうなら私が治療に行くことを提案してみようかな。

そんなことを考えながら、今日もぐーたら時間に昨日の経験を基に開発書を練り直していると。

珍しくセバスさんが部屋にやってくる。

「奥様、いきなり申し訳ございません。お客様です」

「おきゃくさま？」

もちろん今はぐーたら時間。よって、私の着ている服はいつもの桃色ジャージだ。

だけど、着替える暇すらなかった。

だってセバスさんの後ろから、お元気そうなラーナ様がにっこり微笑んでくるんだもの。

「ノイシャさん。一緒に来てもらいたい所があるの」


「ねぇ、今日なんか肌つや良くない？」

「それ、男に言う台詞か？」

二人きりの馬車の中。それはいつもより静かで、微妙に居心地が悪い。

そのせいか、はたまたバルサが持ち出した話題のせいか。

頬杖をついた俺は半眼を向ける。

「おまえしかいないなら、別に馬車で迎えに来んでも良かったんじゃないか？」

「僕、乗馬が得意ってわけじゃないし」

「俺が後ろに乗せてやろうか？」

「それ、男に言う台詞じゃないよね？」

そんな軽口に意味はなく、バルサは持ち帰りの仕事があったのだろう。何やら書類を取り出して、
それに視線を落とした。

「で、昨日寝たの？」

「……寝たな」

——嘘は言っていない。

たとえ俺の視線が泳いでいたとしても、書類を見ているバルサは気づかないだろう。案の定、彼はひゅ〜と口笛を鳴らした。

「おめでとう。大丈夫？　ノイシャさん痛がってなかった？」

「たとえ男同士でも、そういうことを話すものではないと思うが」

「えぇ〜。職場以外で二人っきりとか、久々じゃん。たまには男同士腹割って話そうよ〜」

「おまえと腹割って話したことなんてほとんどないだろ」

「うわっ、ひど。十四年も友達しておいて、未だ本性を晒してくれないだなんて」

「無理してテンション上げんでいいぞ。それこそラーナがいないんだから」

そこでようやくバルサは書類を、いつもはラーナが座っている席に置いて。だけど外を眺めながら、決して俺と目を合わせようとはしなかった。

「……ラーナさ、具合悪いって言いながら、別に熱も何もなさそうなんだよね」

「つわりじゃないか？」

「僕がからかったの根に持ってるでしょ？」

「結婚した二人なんだから、遠からずそういうことだってあるだろ」

「リュナンちは遠そうだけどね」

——バレてるのか？

ささやかな虚栄が商人の審美眼で見抜かれているのではないかとドギマギしながら、俺は何喰わぬ顔を装って苦笑した。

「あいつが仕事をサボりたいとか珍しいな」

「うん。なんか聞いてない？　僕、最近自分の部署内のことだけで手いっぱいで」

その問いかけに、俺は肩を竦める。

「特に何も。そもそも、俺はラーナと二人きりで話すタイミングなんてそうそうないぞ」

「あったでしょ。うちに遊びに来た時に」

バルサと目が合う。

ラーナに呼び出されて『ノイシャのことが嫌い』と宣言された時のこと——バルサが探りを入れてくるということは、彼女は自分の旦那にそのことについて話していないということ。

——おまえらだって、人んちのこと何も言えんだろうが。

そんな皮肉を、バルサにぶつけるのは酷だろうから。

「……別に。あれは仕事とかこつけた男としての不出来さを指摘されてただけだ」

「ふ～ん」

嘘でもない、上っ面の事実を述べれば。気のない返事のあとに予想外の返しを受けた。

「実は僕さ、結婚する前にノイシャさんに会ったことあるんだよね」

「え？」

「ノイシャさん、僕のこと覚えていてくれたんだ。嬉しかったなぁ。今後も仲良くやれそうかも」

「どういうことだ？」

思わず、眉間に力が入る。そんな俺にバルサが困ったように笑った。

「そんな怒らないでよ。友人の奥さんと仲良くなりたいって、そんなに不思議なこと？」

「…………」

「ラーナはそれを望みたかったんだと思うんだよね。そうすれば、僕らはずっと今まで通り仲良く一緒にいることができるだろう？」

バルサは書類をカバンにしまいだした。そしてやはり、俺のことは見ない。

「でもラーナには悪いけど……ずっと三人仲良しこよし、僕は嫌なんだよ。前々からさ」

その時、馬車が城に着く。

御者に扉を開けてもらい、いつも真っ先に降りるラーナが今日はいない。

「あ～あ、今日も仕事か。やだな～」

馬車から先に降りて、身体を動かすバルサはとってつけたかのように「そういや、ノイシャさんからの聞き取り調査ありがとね」と礼を言ってくる。『元聖女からの聞き取り調査』として『ノイシャ＝アードラに何も関与なし』と記した書類を提出したのは、つい最近のこと。

バルサに「あぁ」と応えてから、俺も馬車を降りながら愚痴る。

「俺も。全部忘れて、ぐーたらしたいな」

あぁ――今日も空が嫌みなまで青い。

第四章　里帰りをしよう！

「旦那様の許可なくなりません！」

「あら。どうして？　リュナンはノイシャさんを軟禁でもしてるの？」

セバスさんとラーナ様が喧嘩をしている。

なぜか間に挟まれた私が口を開く隙すらない。

「それは大変だわ！　よりにもよって、かのレッドラ次期公爵が聖女を身請けしたと話題になっているのに、その聖女への待遇が軟禁だなんて……そんなことが巷に知れ渡ったら、レッドラ家の評判はどうなるかしらね？」

仰々しく開いた口元を扇で隠すラーナ様。

おー。なんかいつもと違い、貴婦人っぽい！

それに対して、セバスさんも負けていない。いつもよりも毅然とした佇まいからは『私は仕事できます』感がビシビシ伝わってくる。カッコいい！

そんな二人の会話を他人事のように聞いていれば、私の腕がラーナ様に絡められた。

「私はただノイシャさんに『遊びに行きましょう』とお誘いしているだけですのよ?」

「でしたら、我々も同行させていただきます。どこへ参られるのですか?」

「そんなの女同士の秘密に決まっているじゃない。あ、いつものメイドさんも付いてこないでほしいわ。れっきとした淑女だけの遊び場ですの」

ラーナ様が目を細めた。

「よくあるでしょう、貴族には」

その発言に、セバスさんが息を呑んでいる。

——ラーナ様は、私に淑女教育的なのを施そうとしてくれているのかな?

こっそりラーナ様の腕に触り、脈などを測ってみても……どこも具合悪そうなところはない。よかった。お風邪というのは嘘だったみたい。だけど同時にわかることは、ラーナ様は大切なお仕事よりも、私への教育を優先させるべきと判断したということだ。きっと先日トレイル家に訪問した際、大々的な不出来があったということなのだろう。

「ほら、もうノイシャさんも公爵夫人なのですから。こういった遊びのひとつやふたつも覚えないと。ね?　恥を掻くのはリュナンなのよ?」

私は旦那様に買われた以上、このままぐーたら生活を極める義務がある。

ならば、私が今為すべきことは——

「セバスさん。コレットさん。私、大丈夫ですから」

――すべては幸せなぐーたら生活のために！

私は笑顔でセバスさんに告げた。

「淑女のお勉強してきますね！」


そして、私は馬車に乗せられた。

ガタゴト。ガタゴト。車輪の音と馬の足音以外、とても静か。

こんなに大勢の兵士さんに護衛されるのなんて初めてだ。そう驚いていたら、ラーナ様は「貴族ならこのくらいの護衛は当然よ」なんて言っていたけど。

それ以降、いつも賑やかなラーナ様が何もお話しなさらない。着替える時間も惜しいと言われて、私はジャージのままだった。ドレスコードはないから、と。

流れゆく風景はとても見覚えがあった。馬車の中から眺めたのは一度だけ。しかも進む方向は逆だったけれど――人里離れたのどかな草原の中に建つ、厳かな建物を私が見間違えるはずがない。

「ここは……」

「懐かしい……てほど、久しくもないのかしら？」

馬車から降ろされ、足が竦む。それは、まわりを取り囲む大勢の兵士さんが怖いからではない。

それでも「こっちよ」と穏やかな声音と強い腕に摑まれて、入った礼拝堂は――

「こんにちは、司教様。結婚の式典ぶりですね」

「これはこれは、トレイル卿。今日も大変麗しゅうございますね」

その声に、私は即座にうつむいた。長年あんなにお世話になっていたはずなのに……なぜか私は、その方の顔を見ることができなかった。だけどラーナ様は「まだその呼び方は早いわよ」と朗らかに談笑している。

——なんで？　なんでなんでなんで？

ここは淑女教育とは無縁のはずだ。だってここが淑女教育に適しているのだとしたら、人生のほとんどをこの場所で過ごした私が淑女じゃないなんて、おかしいじゃないか。

——いや、おかしくないのかもしれない。

——ただ私が不出来だから、返品されたのだとしたら……。

「それで、今日はどのようなご用件で？」

今日も司教様は愛想よく微笑んでいた。あれは人々を安心させるための笑顔らしい。たとえ仮面と変わらないのだとしても、それで民の心が軽くなるなら、それは人間が生み出せる奇跡と変わらないとおっしゃっていた。

一番質のいい祭服を身に着け、少しふくよかな司教様の見目はひと月くらいじゃ何も変わっていない。そんな私の育ての親に、ラーナ様は言う。

「ええ、それが……ノイシャさんが身請け先で酷い目に遭っているようなの」

——そんなまさか！

レッドラ家のお屋敷で、酷い目なんて一度も遭ったことがない。

それもこれも、全部旦那様のおかげ。

真面目で、優しくて、お仕事に一生懸命で、男の人の、リュナン様のおかげ。

それなのに、ラーナ様は私のジャージの袖を捲る。

「見て、この細い腕。きっと何日も食べさせてもらってないんだわ。だって貴族に嫁いだ年頃の女の子がこんなに痩せているなんて、ありえないですもの」

――ちがう！　ちがうちがうちがう!!

毎日美味しいもの、たくさん食べさせてもらっている。ふかふかのベッドで眠って。楽しいお喋りをたくさんして、セバスさんやコレットさんやヤマグチさんと、毎日毎日楽しくぐーたらしてたんだ。

ただ私が細いのは、どんな素敵な生活を送らせてもらったとしても、一か月やそこらでは簡単には変われないから。お肉だってすぐ付くものではないし、お話だって急に上手くなれるものではない。

だけど、だからこそ……。

「私はリュナンの幼馴染だから、よくわかるのだけど……あの人、こ、い、い、こういうところがあるのよ。弱いものを虐めて、悦に浸るところ。昔も剣も握ったこともない友人をボコボコにして誇らしそうにしていたわ。だけど、さすがにもう見ていられなくって……」

私は司教様が怖くて。今のしおらしいラーナ様が怖くて。

唇が震えるだけで、口の中がカラカラだから。何も言葉にできない。

「この子を教会で保護してあげることはできないかしら？」


――全然ペンが進まないな。

雲がコッペパンのように旨そうだ。

窓の外を眺め、ふとそんなことを考えてしまうほどにやる気が出ない。

そんな俺の頭がバシンッと叩かれる。

「いて……」

涙目で見上げれば、そこには団長が分厚い書類帖を片手に俺を見下していた。執務室に来るなんて珍しい。灰色の髪を真面目に切り揃えるエリート美丈夫だが、俺はこの人が新米騎士のごとく率先して外回りに出ていることを知っている。そのせいで俺が書類仕事ばかりになっているからだ。

そんな団長に、俺はうんざりしながら尋ねる。

「何の御用ですか、団長」

「無論、オレがお前に声かけるなんて、仕事以外にないだろうが」

「これ以上は勘弁してください。どれだけ報告書の代筆と他部署の事務仕事を片付ければ――」

「まぁ、こんな多忙なのももうじき――お、美少女」

――美少女？

団長が突如見やるのは窓の方。部屋にいた他の者たちも、全員が窓を見ていた。

この執務室は王城内の三階にあり、中庭を行き交うメイドもそばに寄らないと見下ろせないと思うが――そのメイドは窓に虫のごとく張り付いていた。

そして凄まじい形相で窓をどんどん叩く。

緑髪のツインテール。まるで幼女のような髪型が似合うメイドがもう美少女と呼べる年齢でも、そして清廉潔白な性格でもないことを、兄代わりでもある俺は嫌ってほど知っている。

ドンドン。ドンドン。ドンドンドンドンドンドン！

――現実逃避はともかく、このままだと窓が割られる！

「コレット!?」

俺が急いで窓を開ければ、コレットは転がるように部屋に飛び込んでくる。

そんな常識外なメイドを、俺は「ど阿呆！」と怒鳴り飛ばした。

「いきなりなんだ!?　しかも容赦なく窓を割ろうと――」

「ノイシャ様が誘拐されました！」

――は？

俺は何も言葉が出なかった。

ノイシャが……誘拐……？

それなのに、コレットはへらへら笑う。

「たはは～。いやぁ、トレイル家の私兵団けっこうやりますね～。すぐさま尾行したんですけど、教会の中に侵入しようとしたところでバレちゃいまして。このザマです、すみません」

暗殺者でも雇ったんですかね、とコレットは気安く言ってのけるが。

まわりの連中がざわめきだす。

――トレイル家？

トレイル家は言わずもがな、ラーナの家名だ。つまり、ラーナかバルサ、あるいはその家族がノイシャを捕らえたということになる。一緒に登城したんだ、バルサは今も城で仕事に追われているはず。ラーナの家族は、そもそもノイシャと会ったことがない。だったら犯人は――

俺が呆然としている間に、コレットは「あ、団長さんお久しぶりです～」と呑気に挨拶している。そして団長も団長で「コレットちゃんは怪我していても可愛いねぇ。けど大丈夫ぅ？」なんて、これまた呑気に助け起こしていた。

よくよく見なくても、だ。コレット愛用のメイド服は破れた箇所だらけ。肌が露出している部分のあちこちに生々しい切り傷が見られるが……彼女の動きにおかしな部分はない。致命傷はない様子。どれだけ激しい戦いをしてきたかは定かではないが……彼女の師匠である父親《ブラッド・ネクロマンサー》の教えの凄さが窺える。

だけど、コレットには申し訳ないが……今はそれどころではない。

「だとしても職場にいきなり……」

──違う。今かけるべき言葉はそれじゃない。

やばい。気が動転している。

ノイシャが誘拐された？　セバスやコレットがついていながら？　誰に？　どこへ？

いや、答えは出ている。コレットがすぐさま報告してくれていたじゃないか。

ノイシャがラーナに、教会へ連れていかれた──と。

俺は肺の空気を全部吐き出してから、コレットを見やる。

「──いや、よくやった。セバスへ報告は？」

「まだです。王城の方が近かったので先に参りました」

誘拐されてから、あまり時間は経っていないようだ。

誘拐された経緯はまだ聞いていない。だけど、こんな場所で悠長に話し込んでいる暇がないのは明らか。俺は家臣に命じた。

「では城の医務室で治療を受けて来い。セバスへの報告は俺が手配しておくから、その後──」

「いえ、わたしがこのまま戻る方が早いかと。この程度の怪我、唾でも付けときゃ治りますんで」

コレットが腕に受けた裂傷を舐める。痛いだろうに無理しやがって。ど阿呆。

だけど今は——そんな強がりに縋りたい。

「なら、そちらは任せたぞ」

俺が剣一本を腰から下げて向かおうとすれば。

後ろからずっと呑気に話を聞いていた団長が、ひらひらと書類を掲げていた。

「お～い真面目が取り柄の副団長殿、やりかけの仕事は——」

「早退する！　あとやっとけ!!」

俺は上司に暴言を吐き捨て、窓から飛び降りる。開いている窓から「上司に向かってヒドイ～」なんて愚痴が聞こえてくるが、知るか。三階だが、俺もだてに師匠《ブラッド・ネクロマンサー》に鍛えられていないんだ。

こちらの方が早い。案の定、コレットもスカートを広げて即座に隣に着地してくる。

「旦那様は現地に向かうんですよね？」

「無論だ。セバス……鮮血の死神騎士《ブラッド・ネクロマンサー》に『しっかり準備してから来い』と伝えとけ。……教会、ぶっ潰すぞ」

「お～、いよいよですか。腕が鳴りますね～」

こんな時に笑えるのは、コレットの強みだ。俺ははらわたが煮えくりかえって、どんな顔をしているか想像したくもない。少なくとも、ノイシャに見せられる顔でないのが明らかだから。

俺は足早に厩舎へと向かう。手続きも無視して一頭の手綱を引き、コレットへと渡そうとすれば——彼女は首を横に振った。「わたしは自分で走った方が速いですから」と。

そんな優秀すぎるメイドに苦笑しつつ、俺はその馬に跨る。

「じゃあ、屋敷までくれぐれも気を付けて――」

「お仕事サボって良かったんですか～？」

いつもの調子で、おちょくるように。

問うてきたコレットに、俺も真顔で答えていた。

「ノイシャの幸せな衣食住を守ると約束したのは、俺だ」

「なんですかぁ、その生真面目な返答は。もっと『愛する妻より大事なものはない！』くらい言えないんです？」

「ふんっ」

――そんな恥ずかしいこと言おうもんなら、あとでどうからかわれるか。

それがわからない付き合いではない。実際わざわざ言わなくても把握されているのだから。

「おまえにだけは絶対に言わん！」

そして、俺は馬の腹を蹴る。


夢は必ず覚めるものだ。

幸せなぐーたらをする夢を見たあとの現実は余計につらかった。

「ここより安全な場所はありませんので」

連れてこられた場所は、薄暗い地下にある牢屋。ここは『悪い子』が折檻を受ける場所で、落としきれない血の跡や鉄の匂いが今もなお染みついている。

カチャリと牢屋の鍵を回されたあと、私は鉄格子の中から外で話す司教様とラーナ様を見上げる。

「しかし本当に彼女を救ってくださり、トレイル卿には感謝しかございません。ワシも彼女を引き渡したことを後悔していたのです。この子はとても不器用な子ですから……最後まで私が面倒みるべきだったと……」

「あら、だったらちょうど良かったわね」

お二人の会話が、どこか白々しい。

よくよく見れば、司教様は少しお痩せになったようだ。ランプの明かりだけではっきりと見えるわけではないが、目の下にくまのような影が見える。そんな司教様が両手を揉むように動かしていた。

「少しお時間を頂戴できますでしょうか？　ぜひ上でお礼をさせてくださればと」

「別にいいのに……でもそうね。これまでの経緯や今後のことは色々と相談させていただきたいわ。私もこのまま『あとは任せた』じゃ始末が悪いもの」

「さようでございましょう。では、こちらへ――」

そうして、二人はこの場から立ち去ろうとしてしまう。
――待って！
そう呼び止めようとする前に、司教様がちらりと向いた。
「ノイシャ。あとであなたにもしっかりと〝おはなし〟聞きますからね」
その冷たい笑みに、私はひぃと息を呑む。
司教様の言う『おはなし』は、鞭で打たれることだから。
――大人しく、待ってなきゃ……。
でも、いやだ。私は知ってしまったの。
あたたかい場所があるんだって。幸せな場所があるんだって。
こんなところにいたくない。こんな寒い場所はいやなの。
あのお屋敷に……みんなのいる場所へ帰りたい。
「ラーナ、様……」
去り行く背中に、小さく手を伸ばせば。
彼女は口元を隠し、目を細めていた。
「それではノイシャさん。どうかお幸せに」
暗い牢屋の中はとても寒かった。

お日様の光が入らないから、厨房裏の保存庫のように空気がひんやりしている。しかもランプも消されて行ってしまったから、とても暗かった。

明るくしようと思えば、自分でできるの。

あたたかくすることもできる。なんだったら、この牢屋から出ることだってできる。

だって、私は聖女だったから。

私にはマナがあって、マナの式をたくさん覚えているから。

だけど、私は牢屋の隅で膝を抱えたまま、動くことができない。

抜け出したって、鞭で打たれる回数が増えるだけ。

そもそも私が『らぶらぶ奥さん』として不出来だから、ラーナ様に目を付けられ戻されてしまったというのに。そんな私が戻ったところで、みんなの迷惑になるだけだ。

「幸せ、だったなぁ……」

私は指先でマナをパチパチ遊ばせながら、思い出す。

初めてマナをコレットさんに見せた時、とても綺麗だと褒めてくれた。

セバスさんの膝を治療したら、倒れて旦那様に叱られてしまったけど……それでも翌日からセバスさんの動きが目に見えてスムーズになっていたから、まるで後悔はしてないの。

ヤマグチさんのご飯、ぜんぶぜんぶ美味しかったな。

『ノイシャ』とみんなから名前で呼ばれたの、すごく嬉しかった。

ジャージ制作も楽しかったな。アイス作りも毎日飽きなかった。

かなりの頻度で旦那様から『ど阿呆』と怒られたけど、嫌な気持ちになったことは一度もない。

旦那様との添い寝、気持ちよかったな。

街で見た働いている旦那様、すごく凛々しかった。

私が変な態度しても、一度も怒られなかった。

笑いじわを作る旦那様のお顔、とても可愛かった。

もっともっと見ていたかった。

私……旦那様に買っていただいて、本当に幸せだった。

けっきょく、何もなくなってしまったけど。

「あ、残ってる……」

私は着ている服の胸元を掴む。桃色のジャージ。みんなお揃いの、旦那様色のぐーたら洋服。けっきょく抱き枕の制作までは間に合わなかったけれど……それでも、旦那様と一緒に寝た時の心地よさ、私は一生忘れない。あの時に見た幸せな夢を、私は忘れたくはない。

「リュナン様……」

結局、旦那様のお名前を呼んだのはあの一回だけだった。今が二回目。

旦那様を呼んだら、ジャージが色を変えた。ぽたぽたと、色の濃くなった部分が増えていく。

雨？　上を見上げても、うっすら黒い天井しか見えない。

その天井がガタガタを大きく音を立てだす。

——なんだろう？

すると、そのガタガタがどんどん近づいてきて。

階段を、誰かが慌ただしく下りてくる。

その声が、私を呼んだ。


「ノイシャ！」

「はい、ノイシャです!!」


とっさに、私は返事をしていた。

だけど暗くて、そのお顔が見えないから。

気が付けば、私は躊躇うことなくマナの式を描いていた。

マナの光が、ふよふよと鉄格子を潜り抜けて。

照らされるのは、桃色の髪が愛らしい、とても凛々しい騎士様だ。

「旦那様……」

「よく無事だった」

——何もしてないのに、褒められたの？

ただ無事なだけで、褒められた。

その事実に、思わず目を見開いていると。旦那様の腕に縋っていたラーナ様が声を張る。

「ねぇ、リュナン！　違うのよ？　私は教会に戻った方がノイシャさんのためになると思ったの！

それにちゃんと今後の待遇についても司教に相談を――」

「ラーナ、俺は自分の妻の世話をきみに頼んだ覚えはない」

そんなラーナ様を見やる旦那様の目が冷たい。

「きみが女で良かったな。男だったら躊躇わず殴り飛ばしているところだ」

旦那様がラーナ様の手を強く振り払う。その勢いで、小さな悲鳴をあげたラーナ様が尻餅をついた。そんなラーナ様を冷たい視線で一瞥した旦那様が、牢屋の扉をガタガタと揺らす。

「くそっ。鍵はあの司教か……」

「あ、あの……」

あまりに旦那様がイライラして、腰の剣に手を伸ばしているようだから。

差し出がましいかもしれないけど、提案してみる。

「私が、開けま、しょうか……？」

「どうやって？」

「あの……奇跡で」

すると旦那様が髪をわしゃわしゃ掻きむしってから、大きく息を吸った。

そして、

「ど阿呆！　自分で出てこられるならどうして出てこない!?」

「えっ……」

——どうしてと言われても……。

私が戸惑っている間にも、旦那様は「そもそも自分で明かりを点けられるならさっさと点けろ！」と怒ってくる。そんな怒られるようなことしたつもりじゃないんだけど……。

でも、私はもう学んでいた。どれだけ怒っていても、旦那様は私を鞭で打ったりしない。だからちょっとだけ言い訳してみても、いいのかな？

「だって牢屋を出たところで、行く所が……」

「帰ってくりゃいいだろう!?　きみの足じゃ些か大変かもしれんが……半日歩けば屋敷まで戻れるはずだ！　頭のいいきみなら道だってわかるだろう？」

「そ、そりゃあ……」

ダメだった。やっぱり怒られている時に言い訳はダメだった。しょんぼり。

だけど……ちょっと疑問に思う。まるで旦那様のお話ぶりだと……。

思わず顔を見上げ、ジッと青い目を見つめていると。

旦那様が気まずそうに視線を逸らしてしまうけど、

「な、なんだ？」

「あ、あの……私、帰っても……いいんですか?」

「は?」

疑問符とともに、真面目な青い瞳に、再び私を映してくれた。

「俺が出ていけと言ったか?」

「いいえ」

「俺が帰るなと契約書に記したか?」

「そのような記載はございませんでした」

「なら、帰りたいなら帰ってこい」

あっけらかんと言われても……。私はなんて言葉を返したらいいんだろう?

それなのに、旦那様はますます難しいことをおっしゃるから。

「きみに俺が求めることは、全部あの契約書に記したことだけだ。あぁ、家に帰ったら一つ記載を増やさないとな。泣きたいほど嫌なことは我慢するな、と」

「えっ?」

泣く……とは、目から涙が出ることだよね?

思わず顔に触れてみると、たしかに目の周りや頬が濡れている。

「私、泣いて……いるんですか……?」

「どう見ても泣いているな」

「なんで私、泣いているんですか？」

「知るか――と、言いたいところだが」

ふと、ゆるめた旦那様のお顔がとても……。

「俺の屋敷に戻れないことを悲しんで泣いてくれていたのなら、少しだけ嬉しい」

胸がどきどきする。この動悸はなんだろう？

寿命が近いのかな？　なにかの病気なのかな？

だけどとにかく、今は旦那様のお顔を見るのが恥ずかしい。

「わ、私が泣いたら……旦那様はやっほいしますか？」

「それはさすがに性格が悪すぎるだろう。……まぁ、ろくでもない男なのは事実だが」

そうつぶやいてから、旦那様は「さっさと鍵を開けてくれ」と命じてくる。そうだ、ぼやっとしている場合じゃない！　慌てて式を描けば、あっさりと鍵が回った。

すると旦那様はすぐさま扉を開けて、私に手を差し出してくる。

「帰ろう、ノイシャ」

大きな手。たくましい手。あたたかい手。

「はい……ノイシャです」

その手に、おずおずと私の小さな手を乗せれば、再びすっぽりと包んでくれるから。

牢屋を出たあとで、旦那様は小さく息を吐いてから一点を見下ろす。

そこには、未だ膝をついてこちらを睨んでいる貴婦人の姿があった。

「まぁ、その前に——彼女に話を聞いてからだがな」

「旦那様って、お強いんですか？」

「まぁ、小さい頃からあのセバスに鍛えられているからなぁ」

あのセバスっておっしゃるけど、セバスさんはとても優しい。

だけど、旦那様が「すでに軽くボコってしまった」と言った司教様は、元から丸かったお顔が歪にボコボコして、所々に打撲や打ち身が見られた。

「司教には誘拐罪はもちろん、横領罪と公的文書の複製、並びに職務道徳違反や労働の強制や暴行脅迫罪等、余罪が多々あるようだからな。正式な逮捕と引き渡しの前にやってしまったが……まぁ、何とかなるだろ」

　騎士様という立場上、相手がどんなに悪いひとでも、一方的に『ボコボコ』にしてはならない決まりになっているらしい。だけどここまで来る間にも、教会の衛兵たちや刺客っぽい人たちがゴロゴロと倒れていた。全員息はあるようだし……司教様より見た目的に『ボコボコ』な人はいなかったけど。

　その上で。教会内の煌びやかな応接間で、司教様は重そうなローテーブルの脚に紐で繋がれているのだが……ギリギリと必死に逃げようとしていたようである。上がってきた私たちを見るやいなや「ヒィ!?」と声にならない悲鳴をあげていた。

旦那様が訊いてくる。

「仮にも……育ての親がこのような目に遭っていたら気が咎めるか?」

「……自分でも、よくわかりません」

たしかに、私は三歳の頃に教会に引き取られてから、ずっと司教様に面倒をみてもらっていた。だけど……うろ覚えの記憶を探っても、教会にいた頃に誰かに優しくしてもらった記憶はない。褒めてもらったのは水道開発の一度だけ。あとは怒られているか、鞭で打たれているか、せせら笑われているか。

だから、私はマナの式を描く。大した式ではない。ただテーブルと司教様を繋ぐ紐が緩くなってしまっているから、上からマナの紐でギュッと結び直すだけだ。司教様が「ふぎっ」と潰れたような声を発するけど……すぐさま怒鳴ってくるから、問題ないだろう。

「この無能が! オマエは命の恩人への報い方すらわからんのか!? 今すぐこれを解けグズ! 公爵家に買われたからと調子に乗りやがって。紙っきれ一枚だけで式も挙げとらんくせに。正式に捨てられたあとは鞭打ちだけじゃ――」

それに、言葉を返したのは旦那様だった。

「次期レッドラ公爵夫人に、なんて口を利いているんだ?」

ドスの利いた低い声音に、思わず私の方が驚いてしまう。

だけど、そのあと私に向けてくる声音は、いつも通りの旦那様だった。

「うるさいから、口を塞ぐこともできるか？」

「できます」

司教様が再び怒鳴ってくる。

「この裏切り者め！」

「……裏切っていません。私はもう、教会の人間じゃありませんので」

そう――紙っ切れ一枚で保障された『次期公爵夫人』だけど。

「私は旦那様の書いた紙っ切れ一枚を信じます」

そして、私が再び奇跡で作ったテープで司教様の口を塞いだ時だった。

「遅れましたが……何も問題はなさそうですね」

部屋に入ってくるのは、きっちり執事服を着たセバスさんと、いつものメイド服のコレットさん。

あともう一人――

「話は聞いたよ」

「……バルサ」

その方を呼ぶのは、私たちの後ろでずっと震えていたラーナ様だ。

彼女を一瞥してから、旦那様は私に「疲れただろう」とソファに座るよう促してくれた。たしかにそこそこ奇跡を使ったのと気疲れもあって、そろそろしんどい。今倒れるのは迷惑だろうとご厚意に甘えて腰かければ、旦那様も同じソファの隣に座ってくる。

そして、旦那様が膝の上で両手を組んだ。

「じゃあ、役者は揃ったな。ラーナ、話してもらえるだろうか？」

「ふん。彼女のことが目障りだったから、遠ざけようとしただけよ」

そんなラーナ様の隣に、バルサ様は動こうとしない。ただセバスさんの後ろで黙って立っているのみだ。そんなバルサ様をチラリと見てから、ラーナ様は小さく笑って、私を見下ろした。

「なによ。リュナンの髪と同じ色の服？　うちに来た時もその色で着たと思ったら、家でも同じ色だなんて。そのかわい子ぶりっ子の態度も気に食わなかったわね。私かわいいのつもり？　貴族に媚び売るなんて、孤児上がりは大変だろうと思って――」

どうやら、私は揚々とラーナ様に捲し立てられているらしい。

えーと、それらの意見を総括すると……？

「ラーナ様は、私がお嫌いなんですか？」

「そうよ」

「なぜ私のこと嫌いなんですか？」

「………………」

ムスッとしたラーナ様は答えてくれない。

だから考えてみる。懺悔室で聞いた女性の話から推察すると……女が女を嫌う理由というのは、だいたいが嫉妬によるものらしい。見た目や所持品、才能、婚約者などを含め、相手の持っているものが妬ましい。または同族嫌悪によるもの。私とラーナ様が似ているわけがないから、その答えは前者しかない。

「私に、嫉妬しているんですか?」

「……やっぱり、あなたのこと嫌いよ」

そして、ラーナ様は自嘲する。

「あなたが来なければ……こんな私が嫌いな女々しい女にならなくて済んだのに」

――ラーナ様が、私に嫉妬?

どこにそんな要因があったのか、私にはさっぱりわからない。

だけど、だからこそ……多分どこかで私たちは……いや、彼ら三人がすれ違っているのだとしたら。ラーナ様が知らないことが、何かあるんだとしたら。

――あっ。

ひとつ思い当たって、私は慌てて旦那様に尋ねる。

「あ、あの。教会の管理者である司教様が罪で裁かれるのだとしたら、教会の設備はすべてレッドラ家が回収するのでしょうか?」

「あ? あぁ……まぁ一時預かりという形で、すぐさま王家に提出することになると思うが」

「なら、今はレッドラ家の夫人が使ってもいいですよね?」

レッドラ家の夫人……すなわち、私。

私は慌てて立ち上がり、駆け出した。

「ちょっと！　ちょっとだけ皆さんで待っててくださいね！」

「ノ、ノイシャ様!?」

急いで追いかけてくるのは、ずっと控えていたコレットさん。あ、あちこち怪我しているみたい。すぐに治療してあげたいけど……ごめんなさい。少しだけ待ってください。

懐かしい道を走っていれば、見知った聖女たちがチラチラと私の方を見ている。その視線を気にせず、私は慣れた倉庫の扉を開き、目的のものを即座に探し出す。

棚にたくさん並べられているのは聖珠《せいじゅ》と呼ばれる頭サイズの水晶玉。教会の内外をだいたい十年間分記録している。屋敷で『さんまん令嬢方』の暴露録画に鏡を用いたのは、聖珠の代用だ。銀も水晶ほどじゃないけど、マナの伝導率が高いからあの時は利用させてもらった。

「ノイシャ様〜。何をお探しなんですか？」

旦那様に見られたくないものでも隠してたんです？　なんてコレットさんは訊いてくるけど。答える暇はない。聖珠に録画してある映像の一つ一つを早回しで頭の中に流しているから。頭が痛くなってきた、ギリギリの時――私は該当の映像を見つけて。

「あった！」

目的の聖珠を抱えて、私は慌てて来た道を戻る。すると旦那様が眉根を寄せてきた。

「ノイシャ。申し訳ないが、今はあまり時間が――」

「これだけ見てください！」

私はすぐさまマナの式を描き、水晶の中に移す。

そして、水晶を壁に向けて掲げた。

映る姿に、旦那様とバルサ様が「あっ」と小さく声をあげる。

そこには、少しだけ若い旦那様とバルサ様が映っている。


『リュナンはラーナのことが好きなの？』

教会裏手の人気のない草原。そこに立つ二人の若者のうち一人は、腰に差した剣の位置をいじりながら嘆息していた。

『いきなりこんな場所に呼び出したかと思ったら……昼から酔っぱらっているのか？』

『巡回の途中だからと場所の指定をしたのはリュナンでしょ』

そんな騎士に対して、怯むことなく半眼を向ける仕立ての良い恰好をした細身の青年。

彼は騎士に向かって、少しだけ上ずった声で尋ねた。

『僕、ラーナに告白してもいいかな？』

『……それをどうして俺に聞く？』

『だって、リュナンはずっとラーナのこと好きだったでしょ？』

問いかけに、若い騎士はあからさまに言葉を詰まらせる。

その日はとても天気が良くて、だけど風が強かったらしい。短いながらも桃色の髪を搔き上げた騎士が、あからさまに視線を逸らしていた。

『そんなこと、俺は一度も言ったことないが』

『そうだね。聞いたことないから聞いているんだよ』

追及を緩めない青年に、とうとう騎士は背を向ける。

『くだらない減らず口に付き合わせたいだけなら、もう行くぞ。午後も遠くまで調査に行かねばならない場所があるんだ』

『いいんだね！　僕がラーナをもらっても!?』

青年の横顔は真剣だった。二人の仲が良いのは一目瞭然。だけど青年の表情からは惜別にも似た焦りがにじみ出ている。

そんな友人に、騎士は振り返る。

『……仮に、俺が『嫌だ』と言ったらどうするんだ？　おまえは諦めるのか？』

『いや？　そんな軽い気持ちで言っているわけじゃないけど』

「なら、俺の許可など要らんだろうが」

そして、騎士は視線とともにため息を落とす。

『俺はレッドラ家の、ラーナはトレイル家の嫡子だ。万が一結ばれるようなことがあっても……相続や跡取りの話がややこしくなるだけだろう。おまえの方は大丈夫なのか？　爵位がないとはいえ、資産レベル的には下手な貴族より――』

『もう家は弟に任せるよう話を付けてある。というか、初めからそのつもりで僕は城の士官になったんだ。そうしたら……最悪彼女に振られたとしても、ひとりでそれなりに生きていけるしね』

『抜け目ないな』

苦笑した騎士はわざとらしく肩を竦める。

『結婚式で友人代表のスピーチだけは頼んでくれるなよ。俺はああいうのが苦手だ』

『本当にいいんだね？』

青年の真剣な疑問符に、騎士は自嘲にも似た笑みを浮かべた。

『だから、俺の許可など要らんだろうが』

『ふーん……そんな真面目なだけだと、いつか大切なものを失くすよ？　その時になって後悔しても、僕は助けてあげられないからね』

『なっ』

再び言葉を詰まらせた騎士に……今度背を向けるのは青年の方だ。

『ごめんね。僕は先に行くよ』

そして、青年は画面からひとり消えていく。

取り残された騎士は一瞬迷子になった子供のような顔をしてから『くそっ』と舌打ちしていた。

◇◇◇

「この映像のことはご内密にお願いします。本来なら、聖珠の映像は司教様の許可なく投影できないんです。だけど、私はもう聖女じゃないから、司教様の言うことを聞く必要もなくて……」

私は言い訳をしながら、ここで映像を切る。

だいたい三分くらいの映像が終わった途端、ラーナ様が膝から崩れ落ちた。

「何よ……何よ、あなたのどこが聖女じゃないっていうのよ……」

「えっ？」

私が疑問符を返しても、ラーナ様は私を見ていなかった。

ただ映像を映していた壁を見つめたまま、ぽろぽろと涙を零している。さっきの私と一緒。

だけど、あれはきっと私とは違う涙。

「リュナンが、私のこと好きだったなんて――」

先の映像で、決して旦那様はラーナ様への感情を吐露していないけど。

ラーナ様はたしかな確信をもって、膝をついたまま旦那様の腕に縋る。

「だって、あなたは昔から自分を助けてくれた小さな聖女のことが――」

「覚えてないんだ」

言葉の途中で、旦那様は言った。

「ラーナが何を勘違いしているかわからないが……俺は、その聖女のことを覚えていない」

先ほどのように、冷たい言葉ではない。

それはまるで、映像でのバルサ様のように何か決意したような寂し気な顔で。

私は目を伏せながら説明を挟む。それが私の義務のような気がしたからだ。

「致死からの治療は、一時の記憶喪失が伴うことが多々あります。死の記憶というのは日常に大きく影響するほどの恐怖を伴うので、現在の治療法では記憶を回復させせないケースがほとんどです」

実際、旦那様は今も水が苦手らしい。お風呂など日常生活に支障があるほどではないようだが、その時の記憶が鮮明に残っていた場合は、そうした生活にも影響が出ていたかもしれないだろう。

それを考えると、当時治療した聖女の腕前はなかなかだったといえる。……あっ、以前バルサ様から聞いた話を総括すると、私なんだっけ？

だけど大切なのは。忘れてしまった昔のことより、今のこと。

「恋愛とか……なんで二人ともそうなの……？」

ラーナ様が、旦那様の腕から手を離す。

「私はただ……ずっと三人でいられれば、それでよかったのに……」

三人でずっと友達でいたかった。

三人で同じ学校に通って。

三人で同じ職場に通って。

そんな生活をずっと続けたかった——と。

泣き崩れるラーナ様に、旦那様は触れない。助け起こすこともしない。

ただ静かに見下ろしたお顔が、とても悲しそうだった。

「俺は、きみのことが好きだったよ。明るいきみが。常に前向きなきみが。どんな逆境に立たされようと、自分の力で頑張ろうとしているきみが。そんなきみのことが、俺は大好きだったんだ」

「……もう過去形なのね」

「あぁ、俺の初恋だ。初恋が叶うなんて……それこそ物語の中だけだろう?」

旦那様の青い目がちらりと私を映す。そのまま私に向けた笑みがとても眩しく思えた。

「俺は存外、今の生活が気に入っている」

「あーあ。振られちゃった」

そう軽く苦笑するラーナ様に、旦那様も肩を竦める。

「振ってはいない。俺はきみに告白されたわけじゃないんだから。きみはちゃんとバルサのことも好きなんだろう?」

「……もちろんよ」

そんなラーナ様に手を差し出すのは、仕立ての良い服を着た細身の青年だ。彼は今のやり取りを見てもなお、ラーナ様を慈しむように見つめている。

表情を崩すのはラーナ様の方だ。

「バルサ、ごめんなさい。私――」

「僕は、そんなずる賢いラーナも愛してるよ」

そんなラーナ様をバルサ様は抱きしめた。細身の青年。だけど腕に抱いた震える女性の方はさらに細い。そんな妻に言い聞かせるように、バルサ様の口調は終始優しかった。

「リュナンのことも、僕のことも、両方自分のものだと思ってたんでしょ？　強いて順番をつけるなら、一番がリュナンで次点が僕かな？　……君は自覚したくなかったんだろうけどね」

そう問いかけるバルサ様に、ラーナ様は「最低な女でしょう？」と顔を歪める。

バルサ様はラーナ様の肩に顔を埋めた。

「僕も同類だよ。真っ向から行ったら奥手なリュナンが引くってわかっていて、あんな会話を仕掛けたんだから。そんなリュナンだから……僕らは好きで好きで仕方ないんだけどね」

バルサ様の服を掴むラーナ様の手はずっと小刻みに震えていた。そんなラーナ様の頭を、バルサ様はそっと優しく撫でる。

「幼馴染が他のひとのものになったんだ。そりゃあ寂しいさ」

「バルサ……」

「ずっと三人でいられたら良かったのにね」

「……うん」

「大人になるって、大変だね」

「……うん」

「僕らが男で、ごめんね」

「それ、私が男だったら良かったの間違いじゃないの？」

顔を上げ、意地悪く笑うラーナ様。

バルサ様が腕の力を強めたのが、傍から見てもわかった。

「やだよ。僕は女性のラーナが好きなんだから」

そのあとバルサ様が「男同士のそういうのは趣味じゃないなぁ」なんて笑う。

――これでひと段落、かな？

私は旦那様の袖を引いてみる。

「和解できましたか？　これで、これからも皆さん仲良しでいられますか？」

すると、旦那様はこれでもかと目を大きく開かれる。

あれ……どうしたんだろう？

だけどすぐに視線を落として。そっと指先で私の色の残った髪を撫でる。

「……ありがとう。ありがとうな、ノイシャ」

「はい、ノイシャです。が……」

なぜ、旦那様は泣きそうな顔をしているのだろう。

私、いいことをしたつもりだったのに……何か間違ってしまったのかな？

だけど、「ありがとう」と言ってくれている方に「ごめんなさい」するのも、何か違う気がするから。私は代わりに、素朴な疑問を訊いてみた。

「バルサ様の言う、男同士のそういうのって何ですか？」

「それは知らなくていい！」

顔を真っ赤にして怒られてしまった。だけど少し元気になったみたい？

らぶらぶ奥さんって、やっぱり難しいなぁ。しょんぼり。


その後、ラーナ様たちは先に帰っていった。

これから大事な用事があるんだって。お迎えが来たらしい。てっきり私たちも一緒に帰るんだと思ったんだけど……その前に、片付けなきゃいけない案件が一つあるという。

そう——ずっと私の奇跡でだんまりしてもらっていた司教様だ。

「……こっちを他のやつに頼んだ方が良かったかもな」

「何の話ですか？」

「いや、気にしないでくれ。ようはコレットがワガママだって話だ」

思わずそんな雑談を挟んでいる間に、コレットさんが揚々と書類を読み上げていた。

是が非でも自分が司教様の前で罪状を読み上げたかったらしい。

これで十五枚目だ。

「えー。次を読み上げます。王都聖教会司教ザーナル＝アメルドは王都上下水道の開発発展を私欲目的で妨害。個の所有する聖女ひとりに一任することでその多額な管理経費で私腹を肥やしたとして——」

「知らん！　知らん知らん知らん知らん知らん!!」

「何度貴方に知らんと言われても、コレットちゃんと書類さまが知っているので何も問題はありませんっ！　あ～、早くこの書類をお城の視察官さまに見てもらいたいなぁ♡　ノイシャ様も聞いていますか？　こいつ悪～いやつなんですよぉ！　ノイシャ様を餌食にしていた、と～っても悪いやつなんですよ～っ!!」

「あ、はい……聞いています」

その横で、セバスさんは欠伸をかみ殺している。

空はとっくに暗くて、普段ならもう私も寝ている時間だ。

——ぐーたら生活の場合なら、ね。

私が小さく笑っていた時、司教様が私を呼んだ。

「なぁ、ノイシャ……お前ならわかってくれるだろう？　ワシがどんなに民草を思い、そしてノイシャのことを大切にしてたか……こいつらに教えてやってくれ。なぁ？　親代わりであったワシのことを助けて――」

「聞かなくていい」

司教様のこんな情けない声を、私は聞いたことなかった。

名前すら、ろくに呼ばれたことがなくって……。

――そっかぁ。今までの生活はおかしかったんだなぁ。

司教様が悪いことをしていて、知らず知らずのうちに私も加担させられていた。

そしてこれから、司教様はその罪を償うために牢屋に入る予定だという。

――つまり、本来なら私も……。

だけど途中で、旦那様が私の両耳を手で覆う。そして私の頭ごと隠すように、その腕の中にしまわれてしまった。さらにマントで覆われてしまうから、小さい私なんかすっぽり収まってしまって。

だから、都合のいい私は目を閉じる。

「コレット。もうそろそろいいだろう？」

「そうですね！　わたしも飽きてきましたから、そろそろ――」

「じゃあ――やれ」

旦那様の低い声は聞かなかった。

醜い男性の悲鳴も。セバスさんとコレットさんが動く音も。何もかも。

私はただ、旦那様の胸の鼓動しか聞こえない。


みんなで屋敷に戻って来られたのは、すっかり夜も更けた頃だった。

こんな遅い時間なのに、ヤマグチさんがホカホカでつるつるな麺料理を作っておいてくれたの。

スープがしょっぱいだけじゃなくて、すごく奥深い味がしてとても美味しい。異国の『らーめん』という料理なんだって。

それをずるずると屋敷のみんなで啜る光景は、なんだか少し面白かった。

みんなで「疲れた～」と言いながら、桃色のジャージに着替えて。ずるずる同じ料理を啜る姿はとてもキラキラして見えて。その中に自分もいるんだってことが、とても嬉しくて。

——もしかして、これが『家族』っていうのかな。

——そうだったら……いいなぁ。

思わず「くふふ」と笑っていると、向かいに座る旦那様が「どうした?」と訊いてくる。

だけど思っているのを話すのは少し恥ずかしかったから、私は慌てて他のことを尋ねた。

「わ、私、小さい頃に旦那様のこと助けたんですか!?」

「そうらしいな。ありがとう……と言っても、俺も全く覚えていないから、正直半信半疑なんだが」

「そうですよね。私も『どういたしまして』気分になれないです……」

旦那様はスープをズズズと啜ってから、お隣のセバスさんを見やる。

「セバス。おまえ知ってたんじゃないのか？」

「はて、何のことでございましょう？」

平然と料理に胡椒を足すセバスさんの対面、私の隣のコレットさんが旦那様の器から煮卵をとりながら言った。

「あ、コレットちゃんは父さんから聞いてましたよ」

「コレット!!」

旦那様が慌てて手を伸ばすも、コレットさんが口に入れる方が速い。もぐもぐ咀嚼し、しっかり飲み込んでからコレットさんは話す。

「いや、よくよく考えてくださいよ。いくらノイシャ様が小さくて可愛いくて、旦那様がばかみたいな理由から女を買ってきて、そんなばかな旦那様からの厳命があろうとも……有能なわたしたちが何の理由もなしに、初めからばかにみたいに素性の知れない相手を猫かわいがりすると思います？　そもそも他の人だったら、旦那様が『妻を買う』『どやぁ』した時に旦那様の息の根を止めてますってばぁ！」

「わかった。おまえが俺のことを三下としか思ってないことがよーくわかった」

旦那様がため息を吐くから、私は自分の煮卵を旦那様の器に移しながら尋ねる。

「じゃあ……私が命の恩人じゃなかったら、大事にしてもらえなかったのでしょうか」

「そんなわけないじゃないですかぁ〜。もう誰ですかぁ、こんな可愛いノイシャ様を不安にさせたのは〜!!」

「おまえだよ、おまえ」

コレットさんに抱きしめられて。結局、煮卵も「きみが食べろ」と返されて。

ジャージ姿でみんなで食べるご飯はとても美味しい。


そんな楽しい食卓の中で、セバスさんは語った。

旦那様が十歳の時に川で溺れた水難事故は、たしかに幼すぎる聖女によって救出されたらしい。奇跡によって溺れた旦那様を岸まで運び、胸に詰まっていた水も吐き出させたのだとか。だけどその聖女は自分の力のことがよくわかっておらず……その慈善によって私の存在が教会に伝わり、そのまま引き取られていったという。

「ラーナ様もたしかにその現場に居合わせたのです。そして旦那様を助けようと川に飛び込もうとしてくださいましたが……私が止めたのですよ。二次災害になるのが目に見えておりましたからな」

セバスさんは言う。その聖女は三歳前後の幼女だったことから、年齢的にも合致すると。

「でも今のノイシャ様にお会いして、私はひと目でわかりましたよ。そりゃあお顔立ちなどは変わっておられますが……その可愛らしいあんず色の髪は、昔のままでしたからね」

その話を聞いて、私は自分の残った一房を掴む。

よかった。これだけでも……〝私の色〟が残っていてよかった。

別に、昔の偉業を褒めてもらいたいわけじゃない。

自分ですら覚えていなかったことは、正直どうでもいいけれど。

――それでも、よかった。

マナを使い果たして、この一房も色が残っていなかったら、セバスさんが気が付いてくれなかったかもしれない。そうしたら今と、皆さんとの関係も変わっていたかもしれない。

私は自分に感謝する。

この一房が繋いでくれた出会いが、私を幸せへと導いてくれたから。

――自分を大切にしよう。

初めて、私はそう思った。


ご飯を食べ終わってから、とりあえずみんなそれぞれ仮眠をとることになった。

明日も朝から忙しいから、少しでも休んでおこうということらしい。だけど旦那様だけは、休む間もなく登城しなければならないという。朝までに片付けなきゃならないことがあるそうだ。

そんなお忙しいのに、私を屋敷まで送ってくれて、わざわざ着替えてらーめんも食べてくれて。

私が「すみません」と謝ったら、旦那様は眉をしかめていた。

「俺がしたくてやったことを謝ってこないでくれ。あと、俺だって別に仕事が好きなわけじゃない。できることなら働かずに毎日あちこち気の向くまま遠乗りにでも行きたいタイプだ」

「遠乗り……？」

それは、馬に直接乗って遠くまでお出かけすることだと記憶している。

旦那様が遠乗りが好き……旦那様のやっほいは遠乗り……。

初めて聞いたことに思わず疑問符をあげてしまうと、旦那様が訊いてくる。

「今度、一緒に行くか？」

「やっほい！」

私の肯定に、旦那様が目じりにしわを寄せてくださる。

嬉しいな。私、旦那様のこの笑ったお顔を見るとますますやっほいする。

そうして旦那様をみんなでお見送りする中で、コレットさんが口を尖らせた。

「でもこれからどうします～？　王家……早ければ明日から動きますよねぇ」

「まぁ、諸々の書類提出と司教の身元は引き渡してしまったし。時間が時間だからと詳細の報告が明日に回されただけだからな……」

旦那様は顎を撫でてから、私に視線を向ける。

「ノイシャ。きみはこれからどうしたい？」

「私、ですか……？」

小首を傾げれば、旦那様が表情を引き締める。

「あぁ。おそらく、きみには王家から引き渡し要請が出されるはずだ。上下水道の開発、整備を一人で担っていた聖女として……いや、禁書の複写と解読の件がバレれば、大聖女や御子などと呼ばれるかもしれんな。とにかく、王家が保護という名目で城の中に入れたいのは間違いないだろう。公爵家としては、そんな命令が下されれば断わることはできない」

――そうだよね。

ざっくりとしか聞いていないけど、私はやっぱり普通ではないらしい。

どうやら今度は教会ではなく、王家が私を管理するらしいのだ。

――そこに、私の意思は……。

「司教にも言われてしまったが……俺らは書類だけで婚姻を結んだ。噂としては次期公爵と聖女の結婚として広まっているが、公としてそれだけじゃ弱いんだ。手違いだとか、聖女を保護するため一時的とか……色々理由をつけられて、それを反故にされてしまうことも考えられる。くそっ、こうなるならきちんと式を挙げておけばよかった。大々的なお披露目さえしとけば難癖つけられることもなかったのに」

そんな旦那様の愚痴は、半分くらい聞き流してしまったけど。

私が視線を落としていれば、頭にあたたかいものが乗せられる。旦那様の手だ。

「だが、きみが嫌ならば全力で俺は抵抗しよう。これからもこの屋敷であの契約書通りのぐーたら生活が送れるよう、すべてを懸けて尽力することを約束する」

そんな旦那様の言葉に、私は目を見開いた。

「私が……選んでいいんですか？」

「当然だ。きみの人生なのだから」

「私の……」

――私の人生を、私が選べる？

――それなら、私は……。

その願いを、私はぐっと押し込めて。

こっそりと頭を仕事モードに切り替えてから、旦那様に確認する。

「あの……私はもう聖女じゃないんですよね？」

「教会でもそんなこと言っていたが……もしかして、俺が契約書に記した文面を気にしていたのか？」

「……はい」

それに答えれば、旦那様は気まずそうに頭を搔く。

「それはすまなかった。配慮が足りなかったな。此度の件が落ち着いたら、今一度契約書の文面を見直すことにしよう。その時は、どうかきみの意見も聞かせてほしい」

旦那様は本当に優しい方だ。

生真面目で、少し融通は利かないかもしれないけど……それは私も人のことを言えないな。たしか出会った時に、私も言われたはずだ。

『きみはけっこう真面目だな』

『おそらく、その言葉はお返しできると思います』

――懐かしいな。

あの頃から何も変わらない旦那様が言ってくれる。

「俺はただ、きみがきみらしく健やかでいてくれれば、それでいいんだ」

そのありがたい言葉に、私は答えた。

「少しだけ、考えさせてください」


しっかりと、旦那様を「行ってらっしゃい」と見送った後で。

他の方が寝静まったのを確認してから、私は大好きな屋敷に向かって頭を下げる。

「短い間でしたが、お世話になりました」

ひとり、お屋敷から出ていくことにした。

だって旦那様は言ったもの。公爵家として、王家の命令には逆らえないと。

それでも私が『このまま生活したい』と言ったら、尽力してくれるという。

矛盾しているよね。矛盾しているということは、かなりの迷惑をかけてしまうということ。

私は皆さんのことが好きだから……無理はさせたくない。

だけど、私は幸せなぐーたら生活を諦めたわけではないのだ。

夢の『ぐーたら生活』はあのお屋敷で、散々研究させていただいた。

――ぐーたらを極める……その盟約はしかと果たさせていただきます!

私はひとりになった。それだけのこと。

ただ心残りなことが……旦那様と『遠乗りに行く』という約束を果たせないことだけだ。


「よーし、やるぞー!!」

私はさっそく、王都の広場で看板を掲げた。

木製の看板にはこう書いた。

『三分聖女、売ってます』

私は学んだ。働きすぎは良くない。だけど働かないと生きていけない。それもまた真理。

だったら、少しだけ働けばいいのだ。一日三分。経験上、たったこれだけの時間でも私なら色々とできる。怪我の治療をしてもいいし、何かを直してもいい。それこそまた下水道が壊れようものなら、今度はちゃんと賃金もらって直せばいい。

一石二鳥。みんなやっほい!　これほど素敵な商売はないのではなかろうか!!

「むふふ」

我ながら素晴らしい名案に笑みまで零れてしまう。

賃金は時給制。三分でひと宿分ぽっきりだ。きちんと王都の端にある宿屋さんで一泊二食付きの代金は調べたから、そのお値段。余裕がありそうだったら一日何件かお仕事を受けて、貯蓄していこう。宿代以外にも、生活費ってかかるだろうしね。

わくわくと看板を持って座っていると、近くを通りかかったおじさんが声をかけてきてくれる。

「三分聖女ってなんだい？」

「はい、三分間だけ聖女として奇跡を提供するということです！」

「へぇ……じゃあ長年の腰痛も治せるのかい？」

「もちろんです！」

このおじさんを皮切りに、物は試しと大勢の人がやってきた。

お金ざくざく！　みんなもにっこり！　街もキラキラ！

大反響だ！　三分聖女、やっほい!!

エピローグ　三分聖女だ、やっほい！

――二人で遠乗りに行くなら、それ用の道具を用意しなくては。

おそらくノイシャは馬に直接乗ったことなどないだろう。それなら、子供が乗馬の練習をする時のようなヘルメットと、肘当てと、膝当てを用意すべきか。馬に跨りやすいように乗馬服も手配した方がいいかもしれない。それこそ『ジャージ』素材が役立ちそうだ。しかし、あの全身桃色だけは勘弁してもらいたい。可愛いっちゃ可愛いのだが。

――だけど、その前に。

俺は城に着いてから、まっすぐに地下へと向かう。

頑丈な扉の前。本来なら下っ端の兵士が眠気を噛み殺して見張りをするような小部屋で、のんびり酒を飲んでいたのは我が上司、騎士団長殿だった。

「今日は奥様の元へ帰らなくていいのですか？」

「可愛い部下のためだからなぁ。それにオレは普段の行いがいいから。こういう時は大目に見てもらえんのよ」

のんびりと管を巻きながら、団長はガチャガチャと鍵を開けてくれる。

「建前上、一応簡単な取り調べをして中に入ってもらっているけど？　上にゃな～んも報告しとらんよ。旦那さんにも財務部に戻ってもらって普通に仕事してもらってる。……適当な頃合いに呼んできてやるよ」

「……それで団長はいいんですか？」

本来なら、俺がこれから会いに行く彼女もまた罪人だ。

『次期公爵の妻』の誘拐に手を貸し、あげくに使用人に怪我を負わせた。

公爵家として正式に抗議を申し立てれば、下手したら内乱も辞さない問題になりうる行為だ。

――だけど、当の被害者《ノイシャ》がそれを望んでいないから。

彼女は俺に言った。『これで和解はできますか？』と。

俺たちがただ喧嘩をしているだけと思ったのだろうか。だから今まで通り仲良くしてもらいたいと……そう願ったのだろうか。

――本当は、俺が教えてやらなくてはならないのだろう。

ラーナはきみを裏切ったのだと。

彼女のしたことは大罪で、きみは決して許してはいけない立場なのだと。

だけど……俺は、今からラーナを釈放しようとしている。

ノイシャの無自覚の恩赦に甘えて、友人の罪を揉み消そうとしている。

——彼女が怒れないなら、俺が一番怒ってやらなきゃいけない立場のはずなのにな。

俺が扉の前で立ち渋っていると、団長が苦笑してきた。

「いやぁ、お前も若いねぇ。別に当の本人がイイって言うならいいじゃないの。お前さんにとっても大事な友人なんだろう？　十分ハッピーエンドじゃん？」

「友人だった、ですよ」

それはもう過去形だ。妻をとるか。妻を傷つけようとした友人をとるか。そのどちらかで、俺は迷わずノイシャを助けに行ったのだから。もしラーナをとるなら……俺は見て見ぬふりして、あのまま城で働き続けていればよかったんだ。

だけど、それでも。

ずっと抱いていた恋心を抜きにしても、ラーナたちと過ごしてきた十四年の月日がなくなるわけではない。その楽しかった思い出が消えてくれるわけではない。

視線を落とした俺の肩を、団長が適当な手振りで叩く。

「長い人生、色々あるってもんよ～。勧善懲悪がきっちり守られるのなんて物語の中だけ。みんな自分の都合の悪いことには、目ぇ瞑ってナァナァにしてるんだから」

「……奥様から禁酒を言い渡されているんじゃありませんでしたっけ？」

「そうそう。だから表向きね？」

そう笑いながら、団長はちゃぷちゃぷと中身の少なそうな酒瓶を揺らす。

その隣の扉を通りながら、俺は団長の顔を見ずに告げた。

「最近押し付けてくれた仕事、ありがとうございました。おかげで教会の横領など追うのもかなりラクでした。これも俺の手柄になってしまうんですかね」

「お～、ただの結婚祝いよ。もっと出世して、酒の一杯でも奢ってくれや」

「お断りします」

社交界一の恐妻として有名な団長の奥方に恨まれるのは癪である。

俺は苦笑して、さらに扉の奥の階段を下りる。

薄暗い廊下。囚人たちのいびきがとても耳障りで、染みついた男くさい臭いは男の俺でも鼻につく。そんな中、小さな牢屋で座っている婦人はどんな心境なのだろうか。

「絨毯のない床ってこんなに冷たいのね。風邪を引いてしまいそうだわ」

「鞭に打たれないだけマシだろう。彼女の背中は悲惨としか呼べなかったぞ」

「へぇ～。見たことあるんだ？」

鉄格子越しに見上げてくるラーナは一応笑ってはいるが……どこか顔に力がない。

俺はそんな彼女の顔を見ないようにしながら、牢屋の鍵を開ける。

ラーナは目を丸くしていた。

「……いいの？」

「帰りの馬車の中で、ノイシャはきみに嫉妬してもらえて嬉しかったと話していた」

俺の言葉に、彼女はますます顔をこわばらせる。

だけど躊躇わずに言葉を続けた。

「きみはずっと彼女の憧れだったそうだ。そんな憧れの人に嫉妬してもらえるほど自分に価値があったんだと知ることができて……少し自分に自信がついたらしい。だから、今度会った時にはお礼が言いたいとまで言っていた。被害者本人が罪を訴えるつもりがさらさらないんだ。トレイル家に対する大きな貸しとして、見過ごす方が多方面に丸いかと判断した」

「……まるで頭が痛くなる話ね」

彼女が床に座ったまま、器用に頬杖をつく。

「じゃあなに？　私は謝る権利すらもらえないってこと？」

「そうなるな」

ラーナは自嘲するように鼻で笑って。視線を落としながら尋ねてくる。

「教会や司教はどうなるの？」

「お察しの通り、教会組織はしばらく国の管理下に置かれるだろうな。貴族上がりの聖女も雇用が見直されるだろうし……あの司教は当然解任。最低十年はここで生活することになるんじゃないか？　まぁ、余罪がもっと出てきて延びる可能性が高いと思うが」

「ふ～ん。そんな大罪人を捕らえた若手騎士様は大手柄ね。出世おめでとう？」

「どうだかな。誘拐事件を私欲でもみ消そうとしているんだ。ちなみに司教ときみの書類も全部処分させてもらったぞ。今後何かあっても決して他言しないでくれ。……ノイシャのためだ」

その書類は、教会のあの個室に隠されていたものだ。

ラーナと司教のサインが入った、今後のノイシャに対する環境保全の内容。勤務時間や食事内容等の見直しなど細かく記載されており……それを見たノイシャ曰く「これかなりのぐーたらですね!?」とのこと。俺からしてみれば、城で働く一般仕官くらいの「少し辛いけどやれなくはないな」くらいの条件だったが。

その書類はラーナの関与を証明するものとなるため、すでに燃やしてしまっている。

「証拠がなくても、司教がペラペラ喋るんじゃなくて?」

「それも心配無用だ。どこぞの老体とメイドの物理的処置により、一時的な記憶障害が起こっているらしい。事情聴取でも、なぜ自分が城に捕らえられているかまるでわかっていないようだったぞ」

「あなたの従者、ほんと優秀すぎるわよ」

「お褒めにあずかり光栄だな……自慢の家臣だ」

屈託なく笑うラーナに、俺も今だけは昔のように肩を竦める。

だけど……彼女の抵抗もここまでなのだろう。彼女は静かに嘆息した。

「……やっぱり私、あの聖女が嫌いだわ」

「それを俺に聞かせてどうする」

「あれだけのことをしたのに、私に謝らせてもくれないだとか……偽善とでもいえばいいのかしらね？　あれが聖女じゃないなんて、誰が言ったんだか……」

その挑発的に見上げてくる目は、その当人が俺だと察しているのだろう。

そんな彼女から目を逸らして、俺は踵を返す。

「それじゃあ、さよならだ。ちなみに、俺を迎えに来たコレットが周りを気にせず堂々と報告してくれているからな。牢を出たところで、決して今まで通り過ごせるとは思わないでくれ」

「……メイドちゃんには謝っておいてくれる？」

「断る。たとえ誰がきみを許しても、俺はきみを許すつもりはない」

——まぁ、コレットはまず許さないと思うけどな。

あれは根に持つタイプだ。彼女が残しておいたプリンを食べてしまった時には、俺が手ずからプリンを作って頭を下げながら進呈するまで、一切口を聞いてくれなくなったことだってある。

まぁ、言ってその程度だから……ラーナが直接謝れば、話は違うかもしれないけど。

——でも、もう友人として会うことはできないから。

彼女が居づらくなった城で働き続けるにしろ、そうでないにしろ。

同じ国の貴族である以上、これからも社交界で顔を合わせることはあるだろう。その際、体面のために挨拶をすることはあるかもしれないけれど。

今までのように、気軽に一緒の馬車に乗って雑談する機会なんて、もう二度とないことだから。

「さよなら、ラーナ」

「えぇ、さようなら」

俺は大切だった幼馴染に、別れの挨拶を告げる。

そして階段を上っていると、彼女の夫であるバルサとすれ違った。

「リュナン、ありがとう。本当にありがとう！」

頭を下げてきたもう一人の幼馴染だった相手に、俺は何も言葉を返さなかった。


――俺の休みは何処……。

すぐにまた城に戻らなければならない。昼過ぎには教会の一件に関して、今度は国王に直接報告しなければいけないのだ。数時間くらいしかゆっくりできないけれど、それでも俺は馬を飛ばした。

屋敷に戻ったらノイシャと一緒にご飯を食べよう。もし寝ていたとしても、彼女の寝顔を少しだけ覗き見よう。彼女の幸せそうな顔が見たい。

そんなささやかな楽しみを胸に、重い身体を引きずって帰ってきたというのに。

俺はセバスからとんでもない報告を聞く。

「ノイシャが家出したぁ!?」

「ご安心ください。すでに居所は摑んでおります」

わざわざ深夜に屋敷全体に防音の結界を張ってまで（そうでもなければ、誰も気づかないなどおかしい）家出した妻の行方を、俺が昼前に戻る前にきちんと捜し出してあるという。

——本当にこいつらがいないと、俺は何にもできん……。

かけがえのない優秀な従者であるセバスに改めて心の中で感謝しつつ、俺は続きを聞く。

だけどその報告を聞いて、俺は再びに大口を開けた。

「三分聖女ぉ!?」

「はい、王都の真ん中でそんな商売を始めたらしく……」

「しかも王都……」

——よりにもよって、何を考えているんだ!?

うちにいたくないのなら……悲しいけど、それでもいい。王族として生活したいのなら素直に引き渡すし、城に行かずどこかで静かに暮らしたいというのなら、もちろんどこかに家を用意した。

だけど一人で。しかも王都。なんで!?

だけど、彼女は決して馬鹿ではない。俺は机に両手をついて項垂れる。

「いや、まぁ……俺らに迷惑がかからないようにしたつもりなのだろうか……」

「おそらく、そうでございましょうなぁ」

セバスはどこか遠くを見ながら肯定してきた。

俺と一緒で呆れているのだろう。彼女は賢い。そして聖女として有能だ。

たしかに『三分聖女』などという仕事を王都の真ん中で始めたら、大儲けは間違いナシ。しかも今後の課題になっていた上下水道問題も、彼女に依頼すればすぐに片付く。彼女も正式に賃金がもらえ、それなりに良い暮らしができるだろう。

だけど、彼女は世間知らずだ！

あんないたいけな見た目の少女がひとりで『三分聖女、売ってます』という看板を掲げようなものなら――それこそ『身売りしてます！』と言っているようなモンだろうがっ!!

「コレットはどうした？」

「ノイシャ様の護衛に置いてきております。何かあるまでは姿を隠しておくよう言いつけてありますが……一応、ノイシャ様の御意思は尊重された方が良いかと思いまして」

「あぁ、最善の判断だ」

コレットが付いているなら、いざとなれば男の二人や三人や一ダース、簡単に撃退できるだろう。

先日の怪我が多少尾を引いているだろうが、よほどの手練れが出てこない限り問題ない。

だけど……だけど……!!

「あんの……ど阿呆っ!!」

――なぜ俺は、いつも後手に回ってしまうんだ!?

ただ、大切なものを守りたいだけなのに。

あらゆる事態を想定して対策をしているはずなのに、思う通りに事態が進んでくれたことなんてほとんどない。いつも大切な何かを見落としてしまう。

だけど……俺がどんなに阿呆な男であっても、彼女《ノイシャ》の笑顔だけは絶対に諦めてたまるか！

俺は机を叩いてから、即座に剣とマントをとる。

「セバス、すぐさま出るぞ!!」

「旦那様はノイシャ様が命の恩人だから報いようとしているのでしょうか？」

「はあ？」

いきなりの問いかけに、俺は苛立ちを隠さないまま応じる。

「今の今まで、そんな情報すっかり頭から抜け落ちていたが？」

「それは余計なことを申し訳ございません。余計ついでに、すでに予定登城時刻が過ぎておりますが、よろしいですかな？」

——本当に余計なことしか言わないな。

時刻は昼前。昨日の一件の報告で、城の連中らは今か今かと俺が赴くのを待っていることだろう。

すでに大遅刻だ。団長が平謝りしてくれている真っ最中かもしれない。

だけど俺はマントを身に着け、迷わず吐き捨てた。

「知らん！　サボる！」

「あの……ここは、どこですか？」

私はおずおずとお客さんの後についていく。

どうやら患者さんがお店から動けないらしい。そういうこともあるよね。移動時間代もくれると
いうので、こうしてお二人の背中を追う。もちろんその分は治療より格安に設定してみた
若い男性だ。やさぐれてる……と言ったら失礼なんだろうけど、シャツを着崩していて少々だら
しない。お顔にも吹き出物がたくさんあって、たぶん不摂生なんだろう。息も独特な臭いがする。

最初はこのひとたちの治療を求められるのかと思ったくらい。

患者さんの家は裏路地にあるらしい。お空はとてもよい天気なのに、どんどん周囲が暗くなって
いく。私がキョロキョロしていると、振り返った男性の一人がニタリと笑った。

「こっちこっち。この先に、オレらの馴染みの店があってさァ」

「はあ……そのお店に病人がいるのでしょうか？」

再度依頼内容を確認してみると、もう一人の男性も歪んだ笑みを向けてくる。

「そうそう。酒とクスリで最近具合悪くなってさァ」

暴飲はわかるとして……なにか身体に合わない薬でも飲んでしまったのかな。

正直、あまり心が動く依頼ではないけど。

――これもお仕事。

開業初日だ。いきなり断ろうものなら、今後の信用問題に関わるだろう。

仕事を選ぶなんて、新米にあるまじきことだものね。

――それにしても……疲れたなぁ。

『三分聖女』は思いのほかに繁盛した。繁盛しすぎた。広間でもトントンと五件の依頼を受けてしまったのだ。これで六件目。大変だ、もう十五分以上も働いてしまった！

「………」

だけど、あの声が聴こえない。

『ど阿呆』と叱ってくれる旦那様の声が。

『ノイシャ様ああ！』と叫ぶコレットさんの声が。

『そろそろ休憩されては？』と気遣ってくれるセバスさんの声が。

――一日三件くらいがベストかなぁ。

その寂しさを誤魔化すように、私が仕事のことを考えていると。足元まで気が使えなくなってしまった。石畳の隙間につま先がひっかかって、転びかけてしまう。

だけど、お客さんが私を受け止めてくれた。

「おぉっと。聖女さまァ、おつかれかい？」

「はい……ちょっと眠くなってきまして」

「それならァ、元気が出るお薬とかど〜ォ？　なぁに、身体にイイモノしか使ってないから安全だよォ？　オレらも毎日使っているんだァ〜」

「おくすり?」

私が小首を傾げると、お客さんが胸元から何かを取り出そうとして――だけど突然、うつ伏せに倒れた。私は慌てて避けられたけど、そのお客さんの頭が大きな足に踏まれている。頑丈そうなブーツだ。まるで騎士のひとが履いているような――

「ど阿呆っ!」

その大声に、私の肩が跳ねた。同時に心臓もバクバク鳴り始める。

どうして……どうして……?

どうしてここに、あなたがいるんだろう?

「こんな怪しい奴についていくな! というか、知らない人にはついていかないこと! 司教はそんな基本的なことすら教えてやってないのか!?」

「旦那様……」

いきなりお客さんを踏みつけた旦那様が容赦なく怒ってくる。

そしてまだまだ言い足りないらしい。

「俺もずっと我慢していたがな。きみはいつになったら俺の名を呼んでくれるんだ? ずっと待っているんだぞ。もしかして俺の名前を忘れたのか?」

その語気の強い疑問符に、私は何度もまばたきして。

――忘れるわけ、ないじゃないですか……。

私はおそるおそる口にした。

「……リュナン、様？」

「あぁ、リュナンだ」

――やっほい。

心が躍る。嬉しい。嬉しそうに微笑んでもらえて、すごく嬉しい。やっほい。

もう二度と会わないつもりだったのに。

まだお屋敷を出て半日くらいなのに。

あっという間の再会なのに、私の視界がどんどん濡れていく。

そんな時だった。

「それじゃあ、帰るぞ」

「えっ？」

私はひょいっと持ち上げられた。軽々しく旦那様に縦に抱っこされる。

た、高い!?

慌てて旦那様の首に手を回すと、眼下で立ち上がろうとするお客さんが睨み上げてくる。

「お、おい!?　その女をどこへ連れてくんだよォ!?」

「どこへも何も、俺のだから連れ帰るんだよ。ど阿呆」

「ハァ!?　オイ、てめぇら。こいつを――」

「――やれ」

旦那様が短く命じた直後。バタバタと倒れていくやさぐれなお客さんたち。

私が三回まばたきすれば、代わりに執事服のセバスさんとメイド服のコレットさんがパンパンと手を叩きながらその場に立っている。

そして何事もなかったかのように、コレットさんが唇を尖らせた。

「旦那様おそい～！　コレットちゃんこの先の怪しげな集会所を燃やしちゃうところでしたよ～！」

「それはそれで早急に人を派遣しなきゃならんが……その前に、こちらが先だ」

そのまま旦那様はスタスタと私を抱っこしたまま歩き出してしまうから。

私は慌てて声をあげた。

「あ、あの……私……」

「早急に結婚式を挙げよう」

「えっ!?」

驚く私をよそに、間近の旦那様の顔はとても真剣だ。

「王家顔負けの規模で盛大にやる。国内外の有力者全員に声をかけろ。もちろん、式場の一部は民間にも開放する。とにかく盛大にだ。金に糸目は付けん。派手にやるぞ」

それはセバスさんたちに命じているらしい。

「王家なんてものは何より外聞を気にするもんだ。そこまでやれば、さすがに王家だろうと横取りはできんだろう。貴族の風習なんてものは利用してやるもんだ」

そう、吐き捨てたあと。旦那様は「そうだった」と何かを思い出したかのように、私を下ろす。

そして膝を曲げた低い位置から、その青い瞳に私を映した。

「ノイシャ」

「……はい、ノイシャです」

「契約時の発言の撤回を求めたい。どうやら俺はきみが傍にいてくれないと落ち着かないらしい。これは、きみのことを『愛している』といっても過言ではないと思う」

「……ただの、庇護欲のようなものでは」

その真摯な申し出から、私は視線を逸らす。

だって『愛している』とか『愛される』とか、私にはわからない。

それらはずっと懺悔室の仕切りの向こうの、他人事で。

だけど旦那様は私から視線を逸らさなかった。

「それは俺も考えたんだがな。だけど、もうどうでもいいかと思って。きみを守りたい。きみのそばにいたい。きみの笑顔を見たい。異性の女性に対するそれらの感情が『恋』だの『愛』だのでないなら、きっとそれらの言葉に意味などないだろう」

どうでもいいと投げやりなのに。どう聞いてもその言葉が真面目だとわかってしまう。

だって……私も旦那様の迷惑になりたくない。旦那様の笑顔が見たい。

旦那様に対して、旦那様と同じことを思ってしまうんだもの。

「というか、もう面倒になった。きみの心配だけで俺は頭がいっぱいなんだ。愛している。もうそういうことで諦めてくれ。俺は腹を括った」

そもそも俺は頭よりも身体を動かしている方が好きなんだよと、旦那様が苦笑する。

その笑いじわが、とても――

だから私は、唾を呑み込んでから尋ねた。

「あ、あの……結婚式は……三分で終わるものなのでしょうか……?」

「………善処しよう」

そう答えた旦那様の後ろで、コレットさんが半歩後ろ引いていた。

「いや、さすがに難しいんじゃないかと」

「どうにかしろ。三分間で世界で一番盛大な式を挙げるんだ！」

「んな無茶な～!?」

「コレットちゃんは有能なんだろ？」

にやりと笑う旦那様がとても楽しげに見えた。それに「もう、ずるいんだから」とむくれたコレットさんは、セバスさんと目を合わせて。二人は旦那様に向かって最敬礼をする。

『すべては主の思うままに』

それに旦那様が「よし」と頷いてから、再び立ち上がった。そして当たり前のように持ち上げられる。腕すら伸ばされて……高い！　旦那様の桃色の頭よりも高い！

これは噂の『たかいたかい』というやつでは!?

突如憧れのひとつだった『たかいたかい』にやっほいする間もなく、旦那様が提案してくる。

「ノイシャ。屋敷に戻ったら、すぐ契約書に追記しよう」

「何を記載するんですか？」

「リュナン＝レッドラ（甲）は、ノイシャ＝アードラ（乙）を世界で一番幸せにする！」

そのキラキラ笑顔に、私は思わず見惚れてしまった。

「俺の妻になってくれ、ノイシャ」

「……もうあなたの妻ですよ。リュナン様」

私たちは屋敷に戻って、本当にすぐ契約書に追記した。

先の文面の他に、あと一つ。契約終了期間は設けない——と。やっほい！

【3分聖女の幸せぐーたら生活①　完】

書き下ろしエピソード　コレットさんの看病をしよう！

「ノイシャ様……だめ、です……近寄らないで……」

言葉の途中で、思いっきり咳き込んでしまうコレットさん。

朝、なかなかお部屋に来ないなぁと、お部屋を出てみたら……コレットさんのお部屋から咳が聴こえてきたのだ。そして、そっとドアを開けてみれば、これである。

ベッドの中でゴッホゴホと苦しそうなコレットさんに駆け寄って、私はその手を両手で摑んだ。

「どうしましたか!?　なんでも私に言いつけてください！　どんな秘薬でも調達してきますし、どんなに難しい調合でもこなしてみせます！　何だったら私の命と引き換えにどんな病でも治すという奇跡を――」

「ど阿呆」

髪の毛が真上に引っ張られる。特別痛いわけではないけれど……そのまま上を見上げたら、リュナン様がとても険しいお顔で私を見下ろしていた。

「従者の風邪くらいで命を張るな。コレットは昔からよく風邪を引くけど、一日寝かせておけばすぐ治る。どうせ腹でも出して寝ていたんだろ」

「そんな……乙女の部屋に無断で入るじょーしき知らずが……偉そう、に……」

「減らず口を叩けるなら何も問題ないな」

ため息と共に吐き捨てるやいなや、リュナン様はセバスさんを呼ぶ。ヤマグチさんにお粥を作るよう言付けを頼んでいた。なんだかんだいって、リュナン様はお優しい。

でも、リュナン様はこれからお仕事だ。その間、私はリュナン様の分も懸命に看病するぞ！

そう意気込んでいると、なぜだかリュナン様に回れ右をさせられる。

「そういうわけだから、ノイシャ」

「はい、ノイシャです……」

「俺の不在中にコレットの部屋に入ることを禁じる」

「なぜですか!?」

最近ラーナ様たちがお迎えに来なくなったから、『らぶらぶ奥さん』をする機会もがくーんと減った今こそ、リュナン様の代わりに大切なコレットさんのお世話を——と思うのに。

リュナン様は半眼で私を見下ろしたままだった。

「風邪をうつされるのが目に見えている」

「えっ？」

「そもそも、きみの方が身体が弱いんだ。風邪も悪化しやすいだろう。大事になりかねん」

——私のことも心配してくれているの？

嬉しい。コレットさんと同様に労われると、心がやっほいする。

しかも、まだ具合悪くなっていないのに。

そう喜んでいるうちに、背中を押されてずるずると部屋の外まで移動させられてしまって。

いつの間にかバタンと扉を閉められてしまった。

「いいか。今日は必要なことは遠慮なくセバスに言うんだぞ。いいな？」

「あの、ところで……」

「なんだ？」

少しリュナン様がそわそわしている。家を出る時間が近いのだろう。

訊いちゃいけないことかな？　ちょっと雰囲気的に聞きづらいの。

もちろん遅刻させちゃいけないけど……優しいリュナン様は私の言葉を待ってくれているから。

私は思い切って尋ねた。

「風邪ってなんですか!?」

「はあ？」

私は風邪を引いたことが一度もない。

もしかしたらあったのかもしれないけど……頭が痛かろうが、背筋が凍えるように寒かろうが、呼吸が苦しかろうが。別にお仕事は待ってくれなかったからなぁ。奇跡で無理やり症状を消して、礼拝者の前では暗い顔を見せずにいつも働き続けていた。

効果が切れた夜中にドッと症状がぶり返すんだけどね。まぁ……朝は必ずやってくるんだよね。

治療を求めてきた人でも『風邪』を治してくださいという人は来なかった。

リュナン様いわく「寄付金が高いから王族でも余程じゃない限り、風邪くらいじゃ聖女に依頼しない」とのことだ。

それはともかく、リュナン様の説明から「あんなのかー」くらいの要領は得て。

いつも通り「行ってらっしゃい」してから、ふと思う。

――風邪って、死ぬほどつらいお病気なのでは？

だって教会で働いていた時、すっごくつらかったもの。

私は死ぬことはなかったけど……もしも、コレットさんが死んじゃったら？

「大変だっ！」

たとえリュナン様に止められたとしても、コレットさんが死んじゃうのなんて絶対いや！

そもそも、部屋の中に入るなとは言われたけど、看病をするなとは言われていない！

「ノイシャ様、旦那様も仰っていましたようにコレットの部屋へは――」

「大丈夫です！　入りません、外から看病します！」

セバスさんは私を止めようとするけど、きちんと言いつけは守ります。

私はコレットさんの部屋の外で「よしっ」と喝を入れてから、式を描く。

気温や湿度を調節する式。

空気を綺麗にする式。

体力増強効果をもたらす式。

心地よい音色が流れる式。

悪い虫が寄ってこない式。

そのような式を何個も何個も何個も、描いて描いて描いて――

「ノ、ノイシャ様、そのくらいで――」

「これで三分ですっ！」

私の労働時間は一日三分。これもリュナン様との契約ですから。

三分間で描けるだけ描いてから、両手を合わせて発動の合図。どれも持続性の高い式だから、一度発動させてしまえば、あとは疲れない。

「ふぅ……」

だけど、今ちょっと疲れたのは事実なので。

その場で尻餅つこうと思ったら、セバスさんが支えてくださった。

うーん。ちょっとお部屋の周りがキラキラになりすぎた気もするけど……直接壁に刻んだわけではないから、効果が長いといっても一日くらいだから問題ないだろう。

案の定、セバスさんもそのことでは苦言を呈してこない。

「娘のために施してくださるのは大変ありがたいです」

「えへへ」

「ですが、このセバスを心配させるのはおやめください。ノイシャ様も、私にとっては奥様であるのと同時に可愛い娘みたいなものなのです。それなのに、もしノイシャ様が倒れたかと思うと……」

「思うと？」

仰ぎ見れば、セバスさんは少し唇を尖らせていた。

「このセバス、泣きますぞ？」

「……うっす」

なんてこったい。

あまりに衝撃的な言葉に、私の中のヤマグチさんが発動した。

そうはいっても一日は長い。

いくら最善を尽くしても、病気というものはいつ症状が悪化するとも限らないのだ。

「大丈夫かな……大丈夫かな……」

私はご飯を食べる時以外、ずっとコレットさんのお部屋の前をうろうろしていた。だってぐーたら時間だもの。私の好きに過ごしていいんだよね？　もちろん、何か言われたらの時のために本を開きながらうろうろしている。屋敷の本を読み尽くしてしまったから、先日コレットさんがたくさん買ってきてくれたのだ。

「はっ……」

私は気が付いてしまった。

もしかしたら、そのせいで風邪を引いてしまったのかもしれない。

あの日は少し肌寒い日だった。だけど、コレットさんは上着も羽織らず出掛けてしまって……。

「あわあわ。あわあわ。あわわわわわわわわ」

どうしよう。どうしよう。どうしよう。

もし、私のせいでコレットさんが死んでしまったら。

ううん。絶対にそんなことはさせない！

たとえリュナン様に鞭打ちされたとしても、セバスさんに泣かれたとしても……。

うう、でもセバスさんの涙は堪えるなぁ。鞭打ちの百倍はつらい。かなしい。

セバスさん、ごめんなさい……。

でも……コレットさんがいないレッドラ家なんて、しょんぼりどころじゃ済まないから。

「奥様」

突如、周囲が暗くなる。影だ。

私が顔を上げると、ヤマグチさんが私の両手を摑んできた。

「ひっひっふー」

「えっ?」

「落ち着きたい時はこの呼吸法がいいと故郷でいわれてました。だから、ひっひっふー、です」

「ひっひっふー?」

「うす。ひっひっふー」

「ひっひっふー」

二人で繰り返す。

ひっひっふー。ひっひっふー。

何だろう。だんだん息苦しくなる気がする。

だけど頭がぼんやりするせいか、余計なことは考えなくなってきたかも?

「ひっひっふー」

「ひっひっふー」

二人で真面目に、ひっひっふー。

「ふう……」

ちょっと一息ついた時、ヤマグチさんが慌てて両手を離して頭を下げてくる。

「あ、すみません。勝手に奥様に触れてしまって……」

「あ、いえ。お気遣いなく？　です」

大きくて、硬い手。不思議だね。そうして形容するにはリュナン様の手と何も変わらないのに、実際の触り心地やあたたかさは何か違うの。おもしろいな。

だけどもちろん、ヤマグチさんの手も優しかったから。

私がにっこりすれば、ヤマグチさんも小さく笑ってくれる。

「それでは奥様はお部屋にお戻りください。おれが代わりに番をしておきますので」

「えっ？」

私の疑問符に、ヤマグチさんは淡々と答えてくれた。

「セバス先輩に言われたんです。奥様が落ち着かないようだから、代わりに部屋の前にいてくれないかと」

「で、でも、ヤマグチさんにもお仕事が――」

「大丈夫です。下処理はここで済ませてしまいますので」

「今日の夜ご飯の……ですか？」

そう言って見せてくれるのは、バケツにいっぱい入った根菜たち。もう一つ空のバケツを重ねているから、それに皮とかを入れていくつもりなのかな？

お野菜いっぱいの夜ご飯、今日は何を食べさせてくれるんだろう？

コレットさんが死にそうだというのに、思わずワクワクしてしまう私、不謹慎すぎる……!!

そんな自分にしょんぼりしても、ヤマグチさんは色んな野菜を見せてくれながら説明してくれた。

「ミソ煮込みうどんという麺料理にしようかと。風邪によく効くんです。麺生地の元はこれなので
あとは踏んだら、次は野菜の皮剥きでもと……あ、もちろんセバス先輩の許可はもらってます」

「わ、私もやります！」

思わず前のめりになってしまった。

でも、風邪に効くお料理！　コレットさんのために、私もお手伝いしたい！

「何したらいいですか？　栄養価を高める奇跡をかけたらいいですか？　それとも若返りの禁術を
応用して――」

「それなら、踏んでいただいてもいいですか？」

「わかりました全力で踏ませて…………踏む？」

踏む……踏む奇跡って、なんだろう？　圧力操作的なやつかな？

私が小首を傾げると、ヤマグチさんは「うす」と頷く。

「どうか奥様が踏んでやってください。その方がコレットさんも喜ぶと思います」

「私が、踏む……」

「うす」

「……うす」

そして、私は踏んだ。危ないからと、両手をヤマグチさんに持ってもらって。

「いっちにー。いっちにー」

「いっちにー。いっちにー」

右。左。右。左。

私がうどんという麺生地をさらし越しに踏み踏みしていたら、書類を抱えたセバスさんが階段を上がってくる。

「おや、ノイシャ様。楽しそうですな」

「はい、やっほいしてます！」

踏み踏みしたあとの生地はしばらく寝かせておいた方が美味しくなるらしい。

だからその間に、私たちは野菜の皮剝きをする。

あっ、ちゃんと踏み踏み前に、周辺には清浄化の奇跡だけ使わせてもらった。ヤマグチさんも綺麗にお掃除しようとしてくれてたんだけどね。こっちの方が早いし、雑菌の一匹たりともコレットさんの口には入れさせません！

包丁を使うのは初めてだった。教会でもお料理のお仕事だけは回って来なかったんだよね。聖女とはいえ貴族の方が多い場所だったから、生まれもわからない私が触れたものを口にしたくないんだって。……まぁ、その分お仕事が減ったと思えばいいだけだったんだけど。

「コレットさん……食べてくれますかね……」

「大丈夫です。絶対に食べます。なんなら、その生の状態の芋だって奥様が皮を剝いたと話せば齧りつくと思います」

「そ、それはお腹壊しちゃうからダメですっ！　前、ものすごく苦しかったです!!」

「…………冗談です」

「あ…………うす」

そんなことを話しながら、お芋の皮剝きと格闘していた時だった。

またまた執務室から出てきたセバスさん。最近は色々なお手紙が増えたようで、少し忙しいらしい。だけど私たちを見て、また話しかけてくれる――と思うやいなや、

「ノイシャ様、なりませんっ！」

何にも見えなかった！

だけど気が付いたら、持っていたはずの包丁がどこかへ消えている。あれ、代わりにセバスさんが包丁を持っていた。いつの間に？　いつ取られたのか全然気が付かなかった……。

もしやセバスさんが奇跡を使った!?　セバスさんは聖人だったの!?

そう驚いていると、セバスさんは包丁片手に私に詰め寄ってくる。

「ノイシャ様の珠のような肌に傷が付いたらどうするんですか？　ヤマグチもノイシャ様に刃物を渡すなどどういうつもりだ。責任がとれるのか？　とれたとしても私に許されると思っていたのか？」

「……すいません。お貴族様とはいえ、包丁に慣れて損することはないかと思いまして――」

「言い訳は無用。ノイシャ様に刃物は早い」

セバスさんはバケツの中のまだ皮のついた野菜をいっぺんに宙にバラまいた。

それがバケツの中にすっぽり収まること自体がびっくりなんだけど――なんていうことだろう。

すべての野菜の皮が剝けている。しかも綺麗。皮も奥が透けるくらい薄い。

「これで包丁を使う作業は終わりましたね。では、私はまだ仕事がありますので。これで」

粛々とお辞儀をしたセバスさんが再び階段を下りていく。

その姿が見えなくなったあとで、ヤマグチさんが教えてくれた。

「でもあの人、コレットさんには三歳の頃からバタフライナイフを渡してたんですよね」

「えっ？」

そして、ヤマグチさんが料理の仕上げをすると厨房へ戻って。

どうしよう。今度は私、何をしよう？

ヤマグチさんはいない。セバスさんの姿も見えない。

だったら……今度こそ不老長寿の奇跡でコレットさんを!!

大丈夫。すっごく難しい式で、少しでも失敗すれば私の命どころか、この国全土くらいの緑が枯れ果てることになるけれど………大丈夫かな？　心の中のリュナン様に『ど阿呆』とすごく怒られている気がするけど、大丈夫かな？

そんなことを悩んでいると、扉の中からトントンという音が聴こえてくる。

……扉の中から？

「ノイシャ様。ノイシャ様」

「コレットさん!?」

大変だ！　コレットさんが私に助けを求めている!!

わかりました。コレットさんのためだったら、歴史上最悪の魔女にだってなれます。

そう意を決して式を描こうとした時だった。

「わたし、退屈で死にそうです……」

「えっ？」

もちろん、私は式を中断した。コレットさんが死んでしまう原因が……退屈？

ふ、不老長寿って面白いのかな？　どうしよう？　もっと奇をてらった方がいい気がする！

「つ、つまり、私は面白いことをすればいいんですね？」

「ふふっ。コレットちゃん、ノイシャ様にご本を読んでもらいたいな～」

笑うコレットさんは、やっぱり軽く咳き込んでいるけれど。

でも声の感じからして、症状は軽快している様子。こっそり奇跡で扉越しにコレットさんの体温を測れば、平熱近くまで下がっているようだ。

「ほ、本は読みたいけど、自分で読むのはおつらいと？」

「そうそう〜。ぐーたら時間と言えば、旦那様曰く読書でしょう？　療養って、ようはぐーたらすることですし」

「なるほど！」

さすがコレットさん！　私はすっかり念頭から外れていた。

療養はぐーたら！　すなわち、ぐーたらを極めようとしている私の得意分野ではないか！

ぐーたら初心者に最適な行動は……たしかに睡眠と読書だ！

「わかりました！　コレットさんはどんなご本が読みたいですか？」

「そうですね〜。最近ノイシャ様が読んだ中で一番面白かったものがいいですね」

「畏まりました！　それでは『世界の極悪非道悪女の趣味』を用意しますね！」

「え。」

本当なら『食い倒れドルチェ、キミはどれだけ制覇できるか』が面白かったのですが、残念ながら絵が多い本だったので、読み聞かせには不適切なのだ。だったら、世界の悪女と謳われる令嬢たちの趣味が綴られた本の方が退屈しないだろう。書庫の奥の方にひっそり眠っていた本だったんだけど、それこそ奇をてらった内容で、退屈しのぎのぐーたらには最適だと思う。

コレットさん、楽しんでくれるといいなぁ。

私は急いで、書庫に本を取りに行く。

そうして扉越しにコレットさんに本を音読していると、セバスさんが呼びに来た。

どうやら食事ができたらしい。野菜の角が取れるまで煮込まれた麺料理はとても優しい味がした。少しだけピリッとするのがショウガという香辛料らしく、食べれば食べるほど身体と心がホカホカしてきたの。さすがヤマグチさんだ！

セバスさんの許可を得て、コレットさんには私が食事を運んだ。

「僭越ながら、私も調理のお手伝いをしたんです……」

そう話したら、コレットさんが「じゃあすぐに元気になっちゃいますね！」と鼻頭を少し赤くしながら笑ってくれて。すっごくやっほいな気分になったの。

そして今日もすっかり夜だ。コレットさんには「湯あみの介助ができずに」と謝られてしまったけど、お風呂くらい一人では入れる。というか、十何年間もずっと毎日一人で水浴びしていたんだから、正直今でもお風呂のお手伝いは恥ずかしかったりするんだけど……。

そんなこんなで、ホカホカになって私もあとは寝るだけである。

当然コレットさんを一人にしておけないので、お部屋の前まで毛布を運んで。

部屋の中に向けて安眠の奇跡を描いてから、万が一に備えて私は寝ずの番をしようと毛布に丸まろうとすると、

「ど阿呆っ！」

階段を上がってくる殿方に、私は思いっきり怒鳴られた。

当然、仕事帰りのリュナン様である。

「あっ、リュナン様!?」

「あぁ、リュナンだ」

そう答えてもらって私はやっほいなのに、リュナン様は渋い顔。

それにたじろいでいると、リュナン様はひょいと毛布ごと私を持ち上げてしまう。

「ま、待ってください!!　私にはコレットさんをお守りするという義務が――」

「もしかして、一日中そんなことをしていたのか?」

「…………」

思わず、私は抱きかかえられたまま目を逸らす。

さすがに私も学びます。この流れは……「ど阿呆」案件ですよね?

「たしかに俺は口は悪いが、絶対にきみを鞭では打たんぞ」

しかも、鞭打ちを問う前に釘を刺されてしまう。

私がじーっとその言葉を待っていると、リュナン様の青い瞳が私を映した。

「……きみは、俺に罵倒されるのが嫌ではないのか?」

「むしろやっほいですが」

「趣味が悪い」

がーんっ。ショックです。しょんぼりです。

私が言葉もなく項垂れていると、リュナン様が嘆息する。

「俺も口が悪い自覚はあるんだ。ただ癖がなかなか直らなくて……」

「癖になるほど罵倒するような出来事があったんですか？」

尋ねると、リュナン様が踵を返す。スタスタ移動した分を戻ったかと思えば、コレットさんの部屋の前で私を下ろした。そして廊下の上にマントを敷いたかと思えば、私を毛布でぐるぐる巻きにして。その場に座るよう促す。

私がぼんやり見上げると、リュナン様が扉を指さした。

「こいつのせいだっ！」

扉の向こうは……コレットさん？

怒気が強い。奇跡をかけてあるからコレットさんが起きちゃうことはないと思うけど。

リュナン様はそのまま語気強く話し始めた。

「今から思えば情操教育の一環だったと思うが、事あるごとに両親からコレットの面倒をみるように言われてたな？　だけどこいつは昔っから、俺の言うことなんか聞かないんだっ‼」

「昔って、どれくらいの昔ですか？」

「そうだな……本当にコレットが赤ん坊の頃からだったな」

小さい頃のリュナン様とコレットさん。年の差が四歳のはずだから、コレットさんがやんちゃ盛りの二歳だった時、リュナン様は六歳ということになる。

「ほんとーになにひとつ言うことを聞かない……ある程度動き回る三歳前後の話だと思うだろう？　本当に歩けない頃からだ。いくら危ないと言っても、あいつはよちよち階段へ突進していくんだぞ？　赤ん坊だからしょうがないと思っても、四歳五歳になってもあいつは変わらない……平気で階段の手すりを滑り降りるわ、二階の窓から飛び降りようとするわ……」

やんちゃだったコレットさん……想像するだけで可愛い。

私がニマニマしていると、リュナン様が再びため息を吐きながら私の隣に座り込む。

「俺も最初は優しく注意していた……と思うんだ。まぁ、四、五歳の頃の記憶なんてあやふやなんだが……だけどある日、屋敷のどこを探してもコレットの姿がない時があってな？」

リュナン様は頭を抱える。どれだけ嫌な思い出なのだろうか。

それを私に話しくれるとは……私も一言一句暗記するように聞かなきゃ！

「俺や使用人ら全員で夜まで探しても見つからなくて……これは屋敷の外に出てしまったんじゃないかと、捜索隊まで出して……ようやくコレットを見つけたんだ。どこにいたと思う？」

リュナン様からの質問である。

ここは……真面目に答えるべきだろう。私にお尋ねになるということは、私が正解を挙げるという期待の表れ。私は「うーん」と考え込んでから、一番ありえそうな答えを述べた。

「……森のくまさんと仲良く寝ていたとか？」

「ある意味そっちの方が捜索隊の顔も立って良かったと思う」

ががーん。外れてしまった!?

だけど、リュナン様は苦笑しているから……あながち的外れではなかったらしい。

「屋敷のな、調度品の壺の中でぐっすり眠っていやがったんだよ……」

壺の中で眠る小さいコレットさんを想像する。

かわいい。かわいいしかない。ほっこりほやほやしてしまう。

「最初はかくれんぼのつもりで、俺が必死に探している姿を見て楽しんでいたらしいが、気づいたら寝ていたらしくてな……俺がいびきに気が付いて――」

だけどリュナン様はやっぱり頭を抱えていた。

「多分その時だな。初めて『ど阿呆』と怒ったのは。今まで俺がいくら叱ってもニヤニヤしていたあいつが初めて反省の色を見せてだな……それからだ。口が悪くなり始めたのは。ああでも言わないと本当に言うこと利かないんだ……まぁ、今となっちゃどんなに罵倒しようがあいつは言うことを聞いてくれないんだが……」

どうやら、旦那様は心底真面目に悩んでいるようだ。

だけど……私は思わず頬を綻ばせてしまう。

それをリュナン様に問われた。

「なんでそんなに嬉しそうなんだ?」

「だって、昔からリュナン様はお優しかったってことですよね？」

「は？　どーしてそうなる？」

その疑問符に、私はやっほいを崩さない。

「とにかくコレットさんが可愛くて、心配だっただってことでしょう？」

「なっ……」

息を呑むリュナン様。だけど途端、耳を赤くされる。

「絶対……ぜーったいコレットには言うなよ！　絶対だからな!?」

「どうしてですか？　コレットさんきっと喜ぶ――」

「調子に乗るっていうんだ、そーいうのは!!」

あまりに大きな声に、耳がビリビリする……。

とっさに耳を押さえると、リュナン様が「すまない」と謝ってこられるので、私も失礼な態度に「ごめんなさい。鞭で――」と言いかけたら。リュナン様は「ど阿呆」ととても優しい口調で、そして撫でるような手つきで私の頭を小突いた。

そして、リュナン様は笑う。

「……なんだか、こうして二人きりで話す機会も久しぶりだな」

「言われてみればたしかに……いつもセバスさんやコレットさんがいますからね」

たぶん……抱き枕の実験に付き合ってもらった時以来かな？

そう思い返していると、リュナン様が提案してくる。

「せっかくの機会だ。きみの昔話を聞かせてもらえないだろうか？」

「私の……ですか？」

私の……昔話……？

したいのは山々だけど、リュナン様みたいに面白いお話あるかな？

基本ずっとお仕事ずくめだったから……守秘義務的に難しい点も多いしなぁ。

そんなことを思案していると、リュナン様が再び謝ってきてしまう。

「あぁ……すまない。あの教会暮らしであまりいい思い出がないかもしれんが……こう、俺としてもだな、俺だけ子供の頃の恥を晒して、なんだか恥ずかしいというか……」

謝らないでほしい。私の過去に興味を持ってくれたことは、とても嬉しいんだもの。

私の方こそ、リュナン様のお求めになる『楽しい話』ができなくて申し訳ないくらいなのに……。

だけど、それをどう話したらいいか悩んでいると、旦那様が小さく微笑んでくる。

「質問を変えよう。聖女といえば髪の長いイメージが強かったんだが、ノイシャはどうして髪が短いんだ？　好みか？」

「あ、いえ……司教様の助言ですね」

それだったら話せます！

リュナン様のお顔が少々渋くなったけど、ちょっといい話ですよ！

「白髪化が進んできた頃にですね、みすぼらしいということでバッサリ切られました。その時は少々ショックだったのですが……短いとラクなんですよね。昔は髪を洗う水なんてほとんどもらえませんでしたから。乾くのも早いし、いいことずくめで」

「た、たしかに令嬢らの髪の手入れは大変らしいな……」

それこそラーナさんとかすごく気を遣っているんだろうなぁ。

思い返すだけで見惚れてしまう。金色のたおやかなつやつや髪。毎日どれだけ手入れしたら維持できるのだろう？　私もコレットさんに手入れしてもらうようになったから、だいぶつやつやし始めたと思うけど……でも、今の髪型も気に入っているのだ。

「はい。それに、たまに鏡で自分の姿を見た時、こう……丸くて美味しそうじゃないですか？　昔はもっと赤みのある色だったので、林檎みたいな感じで――」

「くくっ」

あれ？　ここは笑うところですか？

口元を隠して「すまない」と笑うリュナン様の目じりにはしわが寄っていた。

「本当に食い意地が張っているんだな。それに、林檎というよりはスモモやアンズじゃないのか？」

「食べたことがないので……」

私の元の髪の色はあんず色。だけど……肝心のそれを食べたことがないのだ。海の向こうで作られている果物で、この国では栽培されていないものらしい。

それなのに、リュナン様はあっさりと告げる。

「じゃあ、今度取り寄せてみんなで食べよう。いつものお返しだ」

「お返し？」

私の疑問符に、リュナン様が鼻を鳴らした。

「あぁ。だって……こうも毎日みんなにピンク《俺の》色を着られているんだぞ？　だから、今度みんなでアンズ《ノイシャ》を食べるんだ。これで多少はおあいこ……」

だけど途中で、リュナン様の言葉尻が細っていく。

そしていきなり、顔を真っ赤にして声を荒らげた。

「や、やましい意味はないからなっ！　きみの許可が得られるまで、俺は契約書を守るぞ!!」

「契約書……」

元よりノイシャ＝アードラ（乙）を食べることなかれ、なんて記載事項はなかったと記憶しているんだけど……それに、私自身を食べてもガリガリで美味しくないと思うの。多少はおかげさまでお肉もついてきたとはいえ、美味しく食べてもらえるにはまだまだ遠い。

だから、私は意気込んでみせた。

「畏まりました！　それではいつか美味しくいただいてもらえるように、頑張って肥えますね!?」

「ど……ど阿呆っ!!」

またリュナン様には怒られてしまったけど。

だけど林檎のように真っ赤になったリュナン様がなんだか可愛かったから。

私は思わず声をあげて笑ってしまった。


「コレットちゃん、完全ふっか――――つっ!!」

わたしは起き上がるやいなや、ベッドから跳ね起きた。

窓の外を見やるに、朝日が昇ったばかりである。メイドの起床時間としてちょうどいい塩梅だ。

さすがコレットちゃん!

さぁて、散々心配かけちゃった分、今日も目いっぱいノイシャ様を甘やかすぞ!

そう意気込んで扉を開けようとすると……なんだか重いぞ?

「おや?」

わたしは隙間から顔だけ出して確認する。

「おやおやおや?」

一つの毛布にくるまって、仲良く眠る新婚のお二人ではありませんか～♡

そーですかぁ。そんなにコレットちゃんが心配でしたか～。でも、これはあれかな? いちゃいちゃのダシにされたって方かな〜。

ま〜、器の大きなコレットちゃんは、そのくらいで怒りやしませんけどね。

「ふふっ、父さんにも教えてあげなくっちゃ」

わたしはそっと扉を閉めて、窓から飛び出す。二階から飛び降りることなんて三歳の頃には父さん《セバス》に仕込まれている。そのねぇ、幼少期からの特別英才教育は旦那様にナイショだったから……昔からからかい甲斐があったんだよなぁ。

わたしは自分の部屋のバルコニーを見上げて口角を上げる。

「まだまだこれからも、よろしくお願いしますね」

今日も一日、とても楽しくなりそうだ。


【コレットさんの看病をしよう！　完】

あとがき

この度は「3分聖女の幸せぐーたら生活」一巻をお手にとっていただき、ありがとうございました。作者のゆいレギナです。まず最初に謝辞から述べさせてください。

本作を拾い上げていただいた「アース・スタールナ編集部」のご担当者様及び関係者の皆様、可愛いイラストで花を添えてくださったあかつき聖先生、本作が書店に置かれるまで尽力してくださった皆様、そしてウェブでたくさんの応援をくださった読者の皆様、本当にありがとうございました。この作品は、私の商業二シリーズ目となるタイトルです。一発屋で終わらずに済んだこと、とても嬉しく思っております。

さて、本作「3分聖女」を書こうとしたきっかけですが――正直、私は働くのが嫌いなんですよね。こうして物語を作るのは趣味半分で楽しく続けさせていただいているのですが、昔はお店で立ちっぱなしのサービス業のようなことをしておりまして。お金のためになんとか耐えておりましたが、もう仕事が嫌で嫌でしょうがない毎日を過ごしておりました。社会的地位なんてどーでもいい。生きていけるなら何にもしたくない。食っちゃ寝サイコー!! そんなダメ人間が私です。

なので、今ライトノベル・ウェブ小説界隈で「お仕事もの」が流行っているなぁと個人的には思っているのですが……仕事のやりがいとか楽しさがさっぱり私、わからない。

そんな時に思いついたのが「3分聖女」でした。働きたくないダメ人間。でも働かないと、まわりからの当たりがキツイ。だからちょっとだけ働きたい。半日の仕事？　五時間お昼休みなしってけっこうツラいですよね。三時間のアルバイト……いや、三時間あればウェブ小説二ページ書けるぞ？（私の執筆時速は、集中力が続けばそのくらいです）

そんな時、思いました。ウルトラマンっていいですよね。3分で強制送還です。もちろん世界を救うための命がけのお仕事ではありますが……3分働いてみんなから「えらいぞー」と褒められる――そこだけ見たら、すごく魅力的じゃないですか？　何度も書きますが、私はダメ人間です。

というわけで、あとは流行りの「契約結婚」や「ドアマット」要素を詰めて生まれたのが「3分聖女」。ノイシャは今まで「ぐーたら」と無縁な真面目ないい子となりましたが、いつかさらに「ぐーたら」が似合うダメ人間ヒロインも書いてみたいなぁ、とか企んでいる今日この頃です。

あと、作中内に出てきた『百日後に死ぬ令嬢』のお話は、他社さんから出していただいた私のデビュー作。『おつかれ聖女』もウェブで発表している自作品です。ウェブ版ではファンサービスの一環で引用していたのですが……商業で出す際に直した方がいいのか確認したところ、この程度だと問題ないとのことだったので、そのまま使ってしまいました。ご興味ある方は、ぜひ検索していただいたいと思います。前者の二巻ラストは「泣いた」って声が多数、届いてます！（宣伝）

それでは、本作が皆様の有意義な暇つぶしになれたことを願って。
そして、またお会いする機会に恵まれますように。

ゆいレギナ

『３分聖女の幸せぐーたら生活
～生真面目次期公爵から
「きみを愛することはない」と言われたので、
ありがたく１日３分だけ奥さんやります。
それ以外は自由！やっほい！！～』

ここまでお付き合いくださり、ありがとうございました！
イラストを担当させていただきました、
あかつき聖と申します。

ゆいレギナ先生、素敵な作品を生んで下さり
本当にありがとうございます！！！

どのキャラも個性的で、1枚1枚
描くのがめっちゃ楽しかったです！
みなさんはどのキャラがお好きでしょうか？
私はコレットとセバスの２人がとても好きです^^

では！

旦那様の抱き枕でご満悦なノイシャを添えて。

あかつき聖でした～！

EARTH STAR LUNA
アース・スタールナ
辺境の貧乏伯爵に嫁ぐことになったので領地改革に励みます
～ドラゴンと公爵令嬢～
As I would marry into the remote poor earl,
I work hard at territory reform
第❷巻発売中!!
作品詳細はこちら→
著:花波薫歩
イラスト:ボダックス

無自覚な
天才少女は
気付かない
mujikakuna
tensaisyoujoha
kidukanai
～あらゆる分野で努力しても
家族が全く褒めてくれないので、
家出して冒険者になりました～
まきぶろ
illustration
狂zip
天才でした!?

魔術、剣術、錬金術、内政、音楽、絵画、小説

すべての分野で

各分野でエキスパートの両親、兄姉を持つリリアーヌは、
最高水準の教育を受けどの分野でも天才と呼ばれる程の実力になっていた。
しかし、わがままにならないようにと常にダメ出しばかりで、
貴重な才能を持つからと引き取った養子を褒める家族に耐えられず、
ついに家出を決意する…!
偶然の出会いもあり、新天地で冒険者として生活をはじめると、
作った魔道具は高く売れ、歌を披露すると大観衆になり、レアな魔物は大量捕獲——

「このくらいできて当然だと教わったので…」

家族からの評価が全てだったリリアーヌは、無自覚にあらゆる才能を発揮していき…!?

EARTH STAR LUNA

1〜3巻好評発売中!
特集ページはこちら! ・・・・・・・▶

3分聖女の幸せぐーたら生活 ①
～生真面目次期公爵から「きみを愛することはない」と言われたので、ありがたく1日3分だけ奥さんやります。それ以外は自由！やっほい‼～

発行 ―――――― 2023年2月1日　初版第1刷発行

著者 ―――――― ゆいレギナ

イラストレーター ―――― あかつき聖

装丁デザイン ―――― 村田慧太朗（VOLARE inc.）

発行者 ―――――― 幕内和博

編集 ―――――― 筒井さやか

発行所 ―――――― 株式会社アース・スター エンターテイメント
〒141-0021　東京都品川区上大崎 3-1-1
目黒セントラルスクエア　7F
TEL：03-5561-7630
FAX：03-5561-7632
https://www.es-luna.jp

印刷・製本 ―――――― 中央精版印刷株式会社

ISBN 978-4-8030-1744-1